KB055994

가덕도 탕수구미 시거리 상향

모악시인선 5

가덕도 탕수구미 시거리 상향

박형권

모악

시인의 말

낚싯대를 접는다
바다의 명사들 그 형용사와 부사들
골계와 풍자들
서거하셨다

2016년 10월
끊긴 정기도선에서
박형권

차례

3부 더는 가지마라

군수에 대하여

거대한 민달팽이 같은 그 연체동물은
바다에서 킹크랩 다음으로 직위가 높다
군수, 군수, 우리 군수님은
헛바람이 들었다
벼슬아치들이 다 그렇듯
불어놓은 돼지오줌보처럼 불룩하다가
잡아서 삶아놓고 보면
어린애 오줌줄기만큼 짤막해진다
허적허적 물가를 걷던 바람난 과부들이
주워오는 것
큰어머니 뒤꿈치를 따라가다가
나 같은 일곱 살이 주워오는 것
온 몸이 글줄인 듯 먹물 줄줄 흘린다
그 정도는 군수가 갖추어야 할 소양
썰어놓고 먹자고 하면
누구 입에 풀칠하였는지 알 수가 없다
그래도 뭔가가 있기에 군수님 해먹지
쌉싸름한 바다 맛이 체면 살려준다
—아가, 우리는 허우대만큼만 알지면 된다

* 군수＝군소

가덕도 탕수구미 시거리 상향

달이 뜨지 않는 그믐밤이면 바다는 스스로 밝다
파도에 뛰어든 뿌연 인광이 항구의 앙가슴처럼 스스스
무너진다
아직 누구도 허락하지 않은 순결한 밤일수록 더욱 빛
난다
빛도 바다의 일부분인 것을 어부들은 안다
가덕도 사람들은 어두운 밤바다의 인광을 '시거리'라고
부른다
인도에서 흑조(黑潮)를 타고 온 말인지도 모른다
그렇다면 바다의 인광은 바다의 말일 것이다
사실은 야광충이 내는 빛이지만 나는 여전히
말이 빛을 내는 거라고 믿는다
누구나 한번은 어휘가 많은 인생을 살고 싶을 것이다
그런 의미에서 나는 말의 고향인 인도로 한번 놀러가
고 싶었다
그 그믐밤 아버지는
나를 저어 탕수구미로 낚시를 갔다
칠흑 같은 바다가 노의 궤적을 그렸다
몰고씨이를 꿰고 바다에 넣자 바다가 몰고씨이의 궤적
을 그렸다
그런 밤은 붕장어의 밤이다

섬광 같은 신호가 왔다 바다 밑이 외등을 켰다
꿈틀거리는 빛의 반란!
바다는 살아있는 빛을 모국어로 썼다
모두 몸으로 뒤채는 언어였다
그 사이 이 행성의 밤에 무슨 일이 있었던가
가덕도의 밤은 육지에서 꺼졌고 이제 시거리로 말하지
않는다
밥 묵었나? 하고 이웃을 빛나게 하지도 않는다
아름다운 말의 시대는 내가 시거리를 처음 본 순간부
터 떠나가고 있었다
가덕도 탕수구미의 황홀한 말씀이시여…… 상향!

* 몰고씨이 : 갯지렁이의 가덕도 말

둘밑 짱뚱이

가덕도는 섬이어서 늘 혼자였다
하늘과 사람과 땅과 바다가
서로에게 풍덩 빠져 몸을 씻어서
사실은 혼자라도 혼자가 아니었다
큰집과 외갓집이 서로 마루를 보여주던 점심때
뭍의 전설에서 개펄의 전설로 걸어 내려가면
둘밑이 나왔다
둘밑에는 바다채송화를 업어 키우는 개펄이 있다
바다채송화는 업혀서도 칭얼거렸다
아버지 등에 업혀보지 못한 나 부러워하라고
그때는 언제나 신들이 밥을 먹었고
하늘과 사람과 땅과 바다가 반찬을 만들었다
둘밑에서 나는 처음 보는 생명체에 홀딱 빠졌다
큰아버지 엄지손가락보다 약간 긴 그 놈은 개펄 위를
뛰어다니며
새우 같은 것을 잡아먹었는데
눈이 툭 불거져 개구리 같았고
꼬리를 치는 걸 보면 도롱뇽 같았다
미끄러지고 엎어지고 개펄에 빠지면서 가까이 가려 했
지만
그 놈은 나를 만나주지 않았다

뻘 칠갑을 해가지고 큰아버지 참 드시는 담안 논에 갔
더니
　─가자, 큰애비가 몇 마리 잡아주마
　바보 같은 짱뚱이, 그냥 나하고 놀아주면 될 것을
　놀기 싫으면
　밥 먹어서 못 논다고 말하면 될 것을
　왜 그런 것을 모를까
　왜 인생은 오해와 오해로 엮이는 것일까
　내가 조금 알겠다 싶고, 밥보다 돈에 퉁때가 올라
　싸돌아다닐 때
　큰아버지 풀잎처럼 곡기를 끊고 물때를 읽듯 가을에 드
시고
　짱뚱이는 둘밑이 심심해서 적멸에 드셨다

* 짱뚱이＝짱뚱어

풀무대가리국

그때 나는 파래 청각의 기울기로 바다에 안기는
순결한 일곱 살
아버지와 어머니는 영영 돌아오지 않을 것처럼 부산에
일 나가고
나는 큰어머니의 둥근 등짝 같은 가덕도 큰영에서
큰어머니가 싸릿대에 묶어준 낚시를 담그고
먼 미래에나 있을 태공망의 어신을 받았다
큰 사내가 되려면 낚시를 바로 알아야 한다고 믿는 큰
어머니는
쉼 없이 홍합을 캐고
내 낚싯대에는 초기철기시대의 뜨거운 여름에서 당도한
풀무대가리가 한 동이나 물려나왔다
대가리가 몸의 반을 차지하는 그 사유의 덩어리는
짙푸른 몽돌 빛 바다의 천민이어서 아무도 거들떠보지
않는 인생인 것을
할머게 드리자고 고집하였다
—며늘아 새끼가 건져온 첫 어장이다 국 끓여라
할머니도 큰어머니도 큰아버지도 내력 있는 고집을 두
그릇씩 드셨다
그 달빛 쏟아지는 마당의 저녁 한 끼는
나를 먹이고 입히신 바다에 대한 최초의 예의였다

18

인생 앞에서 누구나 고요히 머리 숙이는 것은 우리가 인
생의 어부이기 때문
　파도에 흔들리는 인생은 초라하지만
　이제 나는 제법 인생에 흔들릴 줄 아는 나이
　누군가를 먹이기 위하여 국을 끓이는 나이
　내가 아름다웠던 앞마당에서 수심(水深) 깊은 어부를 불
러
　국 한 그릇 같이 하고 싶은데 아, 풀무대가리의 역사는
다 어디로 간 것이냐
　순결한 밥상이어서 무쇠 비린내로 우려내야 했던
　초기철기시대의
　명치에서 지피는 풀무질이여

* 풀무대가리 : 내가 가진 어류도감에 없다.

얼룩감씨이를 그리워함

큰아버지는 논에서 고개를 숙이는 나락을 보며
성북리 연못에 가서 민물 새우를 잡아
손수 만든 미끼 통에 담고 집에 와서는 우물을 퍼 손발
을 씻고
저녁 드셨다 새우가
미끼 통에서 튀는지
밥 드시는 내내 톡톡 소리가 났다
달과 별들은 그때쯤 나와 부스스 기지개를 켜고
대통에 구운 콩을 담는 걸 구경하였다
늘 닦고 매만지는 장대를 메고 사립문을 나가면
달과 별이 따라 나갔다
왜 나는 안 데리고 가느냐고 일곱 살 나는 고래고래 울고
그날은 누룽영 포인트로 길을 잡으셨다
그때는 여전히 돌아서는 모퉁이마다 전설이 있고
달로 묏등을 지나면 해치이불이 등잔덩이만 했다
새바지를 지나면 파도가 들치고
누룽영에 닿으면 마파람이 불어
바다는 그때부터 팔뚝만한 감씨이가 덥석 물고 늘어지
는
예감으로 빛났다
감씨이가 안 오는 날에는 도깨비가 찾아와

구운 콩 갈라먹자고 보채고
한줌 쥐어주면 오도독 오도독 맛있게 먹었다
먹은 값 하는 것인지 곧 초릿대가 바다로 빨려들고
은비늘 찬란한 밤은 그때부터 시작이다
그 즈음 나는 큰아버지 기다리며 마루 끝에 앉아
오도독 오도독 구운 콩을 먹는다 콩 다 먹고 꾸벅꾸벅
졸면
어흠,
대문으로 들어서는 얼룩감씨이!
모를 거야 당신은, 못 봤을 거야 당신은
남극 크릴새우를 밑밥으로 쓰는 당신은 들은 적 없을
거야
등짝에 얼룩무늬가 그려진 붙박이 감씨이를
가야겠네 바람 부는 밤에
내 유년이 졸고 있는 해초(海草) 속으로

* 감씨이=감성돔

21

독은 노래가 된다

뽁찌이 독은 데트로도톡신이라고 한다지
뽁찌이 한 마리에 든 독이면 일개 연대병력을 골로 보낼
수 있다고 하는데
그것도 우리 바다의 졸복이 가장 치명적이라는데
큰아버지는 술 드신 다음 날 꼭 뽁찌이 국을 드셨다
나는 둘밑에서 뽁찌이를 잡으면 독이 올라 터질 듯 부
운 뽁찌이를 달래서
할머니께 드렸다
할머니는 내장을 걷어내고 헛간으로 가서
나무 땐 재에다 푹 찔러두셨다
재를 만나서 재와 내통하다 뽁찌이는 전생의 독한 원한
을 까마득히 잊는다
원한을 씻어낸 독은 큰아버지의 쓰린 속을 편안하게 한
다
물렁물렁하고 대범하신 큰아버지도 독으로 다스려야 할
무엇이 있었던 것일까
섬에서 태어나 한학을 공부하고 뒤늦게 한글을 공부해
야 했던 큰아버지는
잠깐 배를 타다 농사를 지으셨는데
샛바람 같은 농꾼의 원한이 데트로도톡신을 드시게 한
걸까

큰아버지가 내게 가르친
'새야 새야 파랑새야'로 시작하는
그 슬픈 노래를 나는 '청포장수 울고 간다'까지 불렀는
데
그 달디 단 독에서 모든 그리움이 시작되었다
지극한 독은 언제나 노래가 되었다

* 뽁찌이＝복어

학연

쥐노래미가 우리 바다에서 가장 흔한 물고기라고
자산어보에 올려진 바 있지만
나는 쥐노래미가 흔했던 그 바다의 끝물쯤 인생에 내
렸다
지금 귀하신 몸이 된 쥐노래미는
이미 바다를 떠나 횟집수족관에서 정약전 선생의 말년
처럼
여생을 고졸하게 보내시고 있다
내 일곱 살의 그림일기에는 무성한 잘피 숲의 듬성한 지
점으로
낚시 바늘을 담그는 햇빛에 까맣게 익은 내가 등장한다
불현듯 아버지가 나타나 낚싯대를 쥐어주고
오직 한 마디 '조금만 참아라'하고 부산으로 가버린 다
음날
바다를 배우면 고독하지 않다는 몸에 익은 유전으로
쥐노래미를 기다렸다
나를 대신해서 그리움이란 공부를 해주는 바다, 어신이
왔다
쥐노래미는
큰영 누룽영 더 먼 탕수구미까지 느낌으로 읽으며
학교 앞 면사무소와 곧게 뻗은 한길의 고독까지 투시하

게 하셨다
　쥐노래미와 나는 예감으로 관통하는 비릿한 학연
　그 선생은 새 공책 같은 속살로 나를 먹였다
　아, 유성우가 쏟아지는 큰집 마당에서 덕석을 펴놓고
　지린 조선간장에 손으로 발라낸 쥐노래미를 찍어먹는
풍경!
　선생은 언제나 소박한 예언으로 구워졌다
　다 먹고 나면 등뼈 같은 미래가 화석으로 남았다

쑤기미의 영토

　내 살아오는 동안 가덕도 새바지는 바지를 네 번 갈아
입었다
　네 번 발가벗었다
　몽돌밭이었다가 모래사장이었다가 이름 모를 썩돌밭이
되었다가
　결국 큰 배를 대는 콘크리트 덩어리로 목숨을 갈아입
었다
　새바지에서 목넘이 마을로 가는 둑길은 터진목이다
　큰 파도에 자주 터져 아픈 이름을 얻었지만
　목이 터지는 게 그저 아픈 정도이냐?
　살다가 섬이 뼈마디처럼 쑤시는 날이 오면
　꼭 어떤 지집이 목 터져라 우는 소리가 터진목에서 들
려온다고
　할머니께서 말씀하셨다
　진해 용원에서 가덕 선창까지 매립되어
　섬이 아닌 섬이 되어버린 가덕도를 보면
　차라리 나는 터진목의 귀신소리가 그립다
　새바지가 몽돌밭이었을 때 허리까지 바다로 걸어들어
가면
　옆으로 길게 늘어선 숨은여가 있었다
　거기는 감씨이의 새끼 깡내이가 파래 청각보다 많아

낚시꾼들이 갯강구처럼 모여들었다
그 많은 깡내이 다 잡아가도 좋지만
한 개씩 두 개씩 몽돌을 집어가는 것 참을 수 없었다
몽돌이 사라져버리고 모래사장 되는 것 참을 수 없었다
부산에서 왔는지 서울에서 왔는지
한 한량이 숨은여에서 낚시를 하다가
여름 한철 다 가도록 데굴데굴 굴렸다
가덕도 바다 밑의 고집을 모르면서 시건방 시건방 지려
밟다가
밑바닥에 은둔하신 쑤기미의 등짝을 건드린 거다
나 그대에게 침 한 방 놓아드리려 한다
남의 살이 그대 살에 꽂힐 때 그렇게 아픈 것이다

누룽영 망씨이

겨울 망씨이는 먹어도 여름 망씨이는 먹지 않는다
가덕도 새바지 누룽영의 돌박굼턱에 앉아서
아무 철이고 잡자고 하면야
지게를 받쳐두고 한 식경이면 한 바지게는 넘쳐나게 잡
는다
여름 망씨이를 안 먹는 까닭은
마당에 들어서는 짧은 시간에 살에서 여름 볕이 저물기
때문
어머니를 모시고 자식들을 슬하에 둔 어부는
망씨이를 잡아 끌어올리는 순간에
주르르 쏟아놓는 새끼들을 보고
그 지독한 모성에 고개를 숙이고 만다
망씨이는 분홍빛 모성으로 어부의 손바닥에 키스를 하
고
여름바다로 돌아가야 할 의무가 있는 생선
눈만 붙은 새끼들을 데리고 밤길 걸어 집으로 가야할
이유가 있는 생선
그 여름이 가고 가을이 가고 겨울이 오면
단단해진 살점을 어부에게 주기 위해
다시 돌아온다
돌담과 동네우물과 인생의 주인들에게 몸 갚으러 온다

세상에 올 때와 떠날 때를 아는, 샛바람에 나서 된바람
에 가는
　섬마을 어머니들과 아주 가까운 친척
　큰어머니가 썰어놓은 겨울 망씨이는 들쑥날쑥 툼방툼
벙
　마음 가는대로 담아놓은 겨울바다는 달았다

* 망씨이=망상어

겨울 메거지

그 겨울에는 집집마다 빨랫줄에 메거지를 걸었어
메거지라면 모를 거야, 꼼치라면 알겠지
내 열 살의 가덕도는 메거지 풍년이었어
아무나 지나가다 한 마리씩 떼어 가도 뭐라는 사람이
없었어
메거지는 밤에 썰어 먹는 거야
고구마도 삶아놓고 메거지도 썰어놓고
잘 내리지 않는 눈 이야기도 하며 청둥오리 낚시도 이
야기하며
겨울밤을 보내지
낚시의 대가들은 오리사냥도 낚시로 해
긴 줄에 작은 물고기를 단단히 매달고
살얼음이 깔린 갯논에 던져놓으면
지나가던 청둥오리가 주워 먹다가 목에 걸리고 말지
때로는 마산 사는 막내 동생이 오리고기를 좋아했다는
이야기도 하시며
큰아버지의 표정이 그리움에 싸이는
그 빨랫줄에 걸린 겨울 메거지의 밤
시간도 사람도 언제나 내 것이라고 믿었던 큰댁 사랑방
에서
싸락싸락 내리는 싸락눈 소리를 잠결에 들었어

한 마리 있는 일소도 잠들지 않고 지나간 가을을 반추
하다
　새벽에 겨우 잠들지
　아침에 일어나 걸어놓은 메거지를 보면 그렇게 먹었는
데도 그냥 그대로야
　메거지 다 먹을 때까지 겨울은 가지 않아
　나는 영원히 겨울이기를 바랐어
　큰아버지의 인생이야기를 오래오래 듣고 싶었던 거지

* 메거지＝물메기＝물툼벙＝꼼치

음악의 주인

씹으면 오도독 오도독 소리가 나는 탱수 알은
음악으로 먹는 것
첫 소절부터 끝 소절까지 2/4박자의 입맛이 돈다
할머니와 큰어머니와 큰아버지와 나는
탱수 알의 음표를 읽으며
동백꽃 그림자가 문풍지에 새겨지는
2월의 음감을 짭조름하게 연주했다
그런데 정작 저녁의 음악을 선물한 탱수에 관해서
나는 아는 것이 없었다
탱수 알을 먹을 때마다 음악의 주인이 궁금했다
이 특별한 알을 낳은 물고기는
필시 해저의 고귀한 작곡가일 것이었다
탱수를 그리워하게 된 나를 데리고
큰아버지는 가덕등대 밑으로 향했다
물고기도 사람과 같아서 추우면 따뜻한 데로
더우면 시원한 데로 모인다 하시며 배를 저었다
동백 아가씨라도 부르고 싶은 그날
등대 아래의 바람은 G선상에 있었다
말씀과는 달리 입질이 없다가 돌아오려 하는데
뭔가가 나를 끌어당겼다
낚싯줄이 검푸른 바다 소리를 냈다

뱃전에 올려놓고 나는 난감했다
거무스름한 놈이
지옥에서 굴뚝 청소나 할 것 같은 놈이
밑바닥 인생 같은 놈이 올라왔다
―탱수다
―이 녀석이 탱수라고요?
인생의 영롱한 음악은
항상 그렇게 태어나는 것이었다
지상의 모든 음악의 어머니는 탱수였다

* 탱수=삼세기=삼식이=삼숙이

낭태대가리

낭태대가리는 며느리 준다던가
실제로 국 끓여놓고 보면 낭태대가리에는 살점이 많아
며느리 뒤꿈치까지 미운 시어머니가 아니라
은근히 며느리를 아끼는 시아버지의 계책이었으리
시아버지가 일찍 타계하신 집안에 시집온 우리 어머니
는
시어머니보다 동서 시집을 살았다
나 낳고 영영 잠들 뻔한 어머니는 젖도 떼지 못한 나를
큰어머니께 빼앗기고 군에 간 아버지가 돌아올 때까지
부산에서 염색공장에 다녔다
큰어머니는 미운 년의 새끼인 나에게
바다보다 넓은 사랑을 퍼부어 한동안 나는 어머니를
사촌누나들처럼 작은엄마라고 불렀다
얼굴도 잘 생각나지 않는 어머니가 온 날
할머니 곁에서 자던 나는 베개를 들고
문간방에 자고 있는 어머니에게 갔다
꼬무락 꼬무락 태동하는 것처럼 훈김에 싸여 잤다
다음날 아침 밥상에는 낭태국이 올라오고
아니나 다를까 어머니 국그릇에는 낭태대가리가 놓였
다
야박하게 대가리만 톡 끊은 게 아니라

살점까지 듬뿍 붙은 낭태대가리
큰어머니는 사랑을 말로 하지 않고 행동으로 하는 사
람이었다
나는 오래 전에 그걸 알았는데
어머니는
큰어머니가 겨울바다에서 조개 캐서 모은 돈을
내 결혼자금으로 보내온 이후에 깨닫고
눈시울을 적셨다

* 낭태＝양태＝장대

장자도 수조기

아직도 가덕 장자도 바다에
수조기가 오고 있다
서해바다의 참조기가 굴비가 되는
그 역사적 숙명은 아니더라도
가덕 바다의 작은 역사는
수조기로 하여 저녁밥상이 비굴하지 않았다
가덕 봉수대에 불이 꺼지고
가덕 진성의 망루가 허물어진 이후에도
밥때마다 저녁놀이 찾아오는 것처럼
수조기도 섬사람들의 노을이고 싶어 했다
천 번을 죽어도 굴비가 되지 못하는
섬사람들의 밥상에 마주앉기 위하여
여덟 물때의 급한 조류를 타고
아직도 수조기가 오고 있다
돈 꽤나 가진 이들이 참조기가 없으면 밥을 먹지 않을 때
귀양 온 조상을 공통으로 가진 수조기들은
스스로 몸을 던져
밥때를 기다리는 식구들 앞에서 굴비인양 죽었다
그 살 깊은 헌신이 가덕바다의 수조기였다
세상에 난 것, 의미 없는 것 없나니
쌀이 귀한 손바닥만 한 섬에서도

나락 이삭이 알을 배면 수조기가 찾아온다
밥 안쳐놓았으니 생선찌개 되려고

술배이를 불러본다

　여름에 거제 이수도 동편으로 가면 어디나 낚시를 담가
도
　술배이를 만날 수 있다
　낮에는 먹이를 찾아서 부지런히 움직이고
　밤에는 물속 모래밭에서 모래를 이불처럼 덮고 잠을 자
는
　이 물고기를 나는 망향의 물고기라고 부른다
　이수도 동편에 앉으면 바로 가덕도가 보인다
　성공하기 전에는 돌아오지 않으리라고
　나에게 맹세해버린 나는 가덕도가 보고 싶으면
　이수도 동편으로 가서 갯바위에 앉는다
　가덕도 사람들은 술병을 '술배이'라고 한다
　술배이라는 물고기는 항상 술을 생각나게 한다
　우리 집안은 술 한 말을 들고 갈 수는 없어도
　마시고는 가는 사람들이 일으켰다
　큰아버지의 술심부름을 하는 들길에서 나는 술을 배웠
다
　술은
　뽑아놓은 양파 무더기에서
　참새들을 유혹하는 새홀리개의 날개짓에서
　쏟아 붓는 소나기 속에서

38

파도에 실려 오는 몽돌 구르는 소리에서
배우는 것이다
하지만 술에서는 실한 말을 찾을 수 없어 나는 술을 끊
었다
묻혀서 죽고 싶은 말다운 말을 만날 수 없어서
술을 끊었다
술배이는 어류도감에 용치놀래기라고 기록되어 있다
술배이를 술배이라고 말하지 못하고 술배이를 크게 불
러보지 못하는
이 용치놀래기의 삶에서
어부들은 다들 무엇으로 죽는가?
거제 이수도 동편, 한여름 뙤약볕이 쏟아지는 곳에서는
술 한 병 꿰어 차고 공연히 갈지자로 걸어보는
술배이 한 마리가 한 섬을 뱃속에 부어넣고 있다

* 술배이＝용치놀래기 혹은 술병

아구찜은 허기였다

마산의 아구찜 집은 모두 초가집이었다 초가집, 옛날
초가집, 원조 초가집, 원조옛날 초가집 등등 기와지붕을
올려놓고도 초가집이었다 아구가 흔하던 시절에는 어시
장 공판장에 나가면 없는 사람도 돈 생각하지 않고 한 궤
짝씩 샀다 아구 한 마리 사서 배를 열면 아구가 삼키고
소화 시키지 못한 물고기가 두세 마리는 들어 있었다 작
은 물고기를 아구가 먹고 아구를 사람이 먹는 먹이사슬
의 증거물이었다 친구 성호는 초가집의 막내아들 아구찜
얻어먹으러 자주 놀러 갔지만 친구 어머니는 아구찜은 안
주시고 웬 생선구이만 주셨다 아구 뱃속에 든 생선을 먹
었으니 나도 저 심해의 한 마리 아구였다 항상 어디가
비었다고 생각하는 심해의 허기였다. 초가삼간의 마루
에 앉아 배가 아픈 것인지 배가 고픈 것인지, 내 몸이 이
해되지 않는 몽롱한 허기였다 지금은 세상과 아귀가 잘
맞지 않는 쉰여섯, 허기의 힘으로 여기까지 왔다

* 아구＝아귀

은비늘의 시대

마산의 새벽바다는 꿈의 끝자락에서 깨었다 물고기와
노는 꿈을 밤새 꾸다가 눈을 떠보면 어느새 나는 일요일
마다 낚싯배를 타고 있었다 내 몸무게를 짙은 해무처럼 누
르는 아버지의 아이스박스에는 됫병 소주 한 병이 얼음과
함께 재워졌다 가까운 돌섬을 지나면 거기서부터 멸치 선
단의 영역이었다 남의 홍합양식장에 배를 묶고 지상에서
가장 낮은 곳으로 봉돌을 내리면 눈이 한쪽으로 쏠린 도
다리가 왼쪽 오른쪽 가리지 않고 물고 늘어졌다 감사하게
도 내 보드라운 손은 아직 세파에 젖지 않았고 파도가 거
친 바다에서는 왼손과 오른손이 서로 도와 낚시를 묶었
다 도다리의 반대쪽만 째려보는 광어도 낚으며 나는 반드
시 아름다울 나의 미래를 우뭇가사리와 풀가사리의 뒤뜰
에 풀어놓았다 술 가지고 나가면 안주가 없고 된장 초장
가지고 나가면 물고기가 물지 않는 낚시헌장 1조 1항처럼
물고기가 물지 않던 날, 낚싯배 선장이 배를 풀어 멸치배
옆구리에 붙였다 됫병 소주 한 병에 멸치 세 바가지! 은비
늘 세 바가지! 더 달라면 더 주는 계산 없는 그 파도소리
는 내가 선량한 인간으로 향하도록 다리를 놓았다 지금
은 바다를 가로지르는 다리 하나 놓였지만, 가랑이 쩍 벌
린 육탄공세가 수상하지만 비늘과 내장을 대강 훑어내고
바닷물에 헹구면 은은히 번져가던 파문, 모든 설렘은 은

빛이었다 오늘 삼천오백원짜리 멸치국수를 사먹으며 찬
란했던 은비늘을 사먹으며 회항하고 말았지만 설렘은 돌
아오지 않았다

봉암 꼬시락

　마산 봉암의 꼬시락은 변강쇠의 가운데 발가락을 닮았
지요
　대가리는 커다랗고 몸통은 길쭉한 게
　볼품은 없었지만
　그 맛은 생긴 그대로 발기에 특효지요
　칼등으로 대가리를 톡톡 쳐서 회로 먹으면 고소하지요
　그렇게 생긴 것들은 대개 오르가슴에 유익해서
　봉암에 즐비한 횟집들로
　선남선녀가 줄지어 찾아들어
　서로 건드려보며 사이좋게 놀았지요
　이슥해지면
　무성한 소문을 향해 스며들었는데
　어디에서 산란하였는지는 아무도 모르지요
　단지 서로가 서로를 꼬셔버렸다고 주체할 수 없었다고
　변명처럼 전설처럼 전해져 올 뿐
　창원공단과, 자유를 수출하는 수출자유지역이 생기기 전
에
　나는 아버지와 낚시를 갔지요
　봉암으로 봉알을 달랑거리며 낚시를 갔지요
　아버지는 큰 걸로 나는 작은 걸로
　골라서 낚는 사이 20세기는 지나가버리고

46

마침내 푸르른 내 시력이 희미해졌지요
썰물처럼 밀려난 마산 앞바다의 꼬시락 한 마리를
최후로 알현하고 시신을 수습했지요
민족중흥의 역사적 사명을 띠고 아름다운 청춘들을 내
돌리는 사이
다들 잘 먹고 다들 잘 산다고 믿고 있는 사이
우리를 일으켜 세울 왁자한 명상 하나가 사라졌지요
이제 무슨 맛으로 당신을 꼬시나요
마산 사람은 마산 안에서 사라지고
지금 나는 발기부전 중인데
이상하여라, 꼬시락 잘근잘근 씹어보고 싶네요

* 꼬시락 = 두줄망둑

보리문주리

철지난 광암 해수욕장에 보리문주리를 낚으러 간다네
아침 해 뜰 때 나와 노는 놈이라
새벽부터 서둔다네
김밥을 챙기고 아들딸도 챙기고 아내도 챙겨서
내가 식구들을 챙기는 가장임을 확인한다네
백만 원짜리 중고 승합차에 기름을 빵빵하게 넣고
허파에는 가을바람도 불러들이고
흔들리며 흔들리며
하루하루 바뀌는 국도를 따라 광암에 간다네
매끈한 몸매에 은비늘을 가진 보리문주리는
보기에도 선량하고 맛도 깔끔해 한때 일본으로 수출하
는 바람에
어물전 좌판에서 만나기 힘들었다네
좋은 것 가져다 남 먹여 살렸다네
국제적인 무역과 무관한 동네 낚시꾼이 아니면
나무보리살타, 이승에서 인연 맺기는 바다 속의 구름
잡기!
최초의 낚시꾼이 그랬듯이 나는 행복한 낚싯대를 펴놓
고
속을 보면 파도가 보이는 보리문주리를 기다린다네
오래오래 기다려도 오지 않는다네

기다리며 기다리며 기다림을 낚는다네
물가에 사는 사람들은 멀쩡한 갯바위를 보고도 이별을
예감한다네
첫배를 배웅할 때도 이별을 예감하고
막배를 마중할 때도 이별을 예감한다네
밟히고 꺾여야 살고 싶어지는 남쪽 바닷가의 보리싹처
럼
뚝 끊긴 편지처럼
다시는 안 올 것 같아 두렵다네
철지난 광암 해수욕장에서 보리문주리를 낚는다네
보리문주리에게 내 근황을 묻는다네

* 보리문주리＝보리멸

꺽두구

마산 시내에서 살다가 친구 동규가 살던 갯마을로 깃
든 것은
　부모님이 하던 불고기집이 망했기 때문인데
　눈치 빠른 사랑이 서울로 떠나서 돈 많은 놈팡이와 찰
싹 붙었기 때문인데
　스물여덟 나이는 도요새가 앉았던 개펄처럼 비었다
　달빛에게도 주인은 있어
　미안한 마음 한 가닥 꺾어 갯바위로 가는 밤
　자욱한 낚시꾼들이 먹이사슬에서 밀려나 집에 가지 못
하고 있었다
　열여덟에 이 바다에 섰을 때는
　동규 아버지가 주인이었는데, 든든한 마음의 임자였는
데
　뻣뻣한 지느러미와 두터운 비늘의 꺽두구가 지켰는데
　세상의 아름다운 것들은
　밀물 때 왔다가 썰물 때 가버리는 심해의 소식처럼
　인생으로 왔다가 지국총 지국총 가버렸다
　홍합양식장에 일 나간 아버지를 기다리며
　동규가 앉았을 자리에 허물어진 마을을 미끼삼아 흘
려보냈다
　비밀을 알고도 모른 체 하는 일은 얼마나 고단한가

동규 이 녀석이 청춘을 이기지 못해, 가난을 어쩌지 못
해
　잠깐 내 여자의 입술을 빌려간 것을
　동규의 순진한 취기마저 그 거침없는 입술이 훔쳐간 것
을
　바다 앞에서도 고백하지 않는 일은 얼마나 고단한가
　내 침묵에 눌려 동규가 마을을 비운지 벌써 서너 해
　기다리는 입질이 오지 않는다
　바닷가 사내들의 자존심, 뻣뻣한 지느러미를 만나지 못
하고
　허적허적 해 뜰 때 돌아왔다
　나는 갯바위의 주인 꺽두구처럼
　수많은 이별의 예신들을 두 눈 부릅뜨고 지켜볼 수 있
을까
　고독하지 않다고 외치는 순간이 가장 고독한 나는
　진정 물빛 당신의 심해를 독해하고 있는 것일까
　꺽두구는 죽을 때까지 난 곳을 떠나지 않는다
　아, 두고 갈 수 없는 무엇이 있는 바다

* 꺽두구 : 내가 가진 어류도감에 없다.

달빛을 다투다

바다는 달빛을 먹고 달빛은 우윳빛 밤을 먹었다
완전한 바다는 먹어서 향기로웠고 먹여줌으로써 완성
되었다
나는 애초에 바다의 자식이어서
어머니 젖은 그리 달지 않았다
다만 달빛을 보면 밥 생각이 났다
일찍 젖을 뗀 나에게 어머니는 바다에 가서
넓은 마음을 실컷 먹고 오라고 밤바다로 내보내고
내가 잘하는 것은 밤낚시였다
내가 메가리 떼를 만난 수정은
수정보다 맑은 바다를 가진 마을이었다
수정 사람들은 투명해서 몸 어디에나 달빛이 스며들었
다
속을 다 열어 보이는 사람들의 바다에서
그 홍합양식장의 작업대 위에서
물고기는 안 물고
달빛은 나를 돌려세운 스무 살 인생처럼 뽀얗게 빛났다
아, 달빛도 저렇게 속이 끓어오를 때가 있구나
달빛하고 놀아보자 하며 채비를 그쪽으로 보냈는데
쑤욱 끌고 들어가는 이 허공은 대체 뭔가?
첫 고기를 놓치면 다음 고기도 놓치게 되는 낚시헌장

1조 2항!
　긴장된 여름밤의 정체는 메가리였다
　나처럼 달빛 먹으러 수정 앞바다에 왔던 거였다
　달빛 하나 놓고 메가리와 밤새 다투었다
　여명에 끓여먹은 달빛 매운탕
　뽀얀 안개 속에서도 내 불면은 수정처럼 투명했다

* 메가리＝전갱이

떡전어

옛 바다와 요즘 바다를 구별하는 법은
상처를 바닷물에 담가 하루 만에 나으면 옛 바다야
바다에서 잡은 생선을 바닷물로 씻어도 괜찮으면 옛 바
다야
그렇지만
전어 한 마리의 내장을 꺼내 소금에 찍어먹어도 배탈 나
지 않는다면
그게 진정한 옛 바다야
살보다 내장이 향기로웠던 전어의 복장을
나는 여남은 살 때 열어보고는
맛있는 자산어보를 다시는 탐미하지 못하였지 그러니
까 나는
요즘 바다에서 옛 바다를 그리워하는
어물전 고린내처럼 아주 비린 책벌레였어
아버지가 직장을 잃고 나 또한 취직하지 못하고 빈둥거
릴 때
마을에서 가까운 골뫼 앞바다에
오로지 생존을 위해 그물을 쳤어
죽어버렸거나 떠나버린 것들의 그림자를 건지는
그 시간들은 모두 기도였지
바다에서 그물을 치는 일이란

피해 다니는 인생을 맨손으로 잡아내는 것이 아니라
미끄러운 인생이 나를 어여삐 보고 스스로 찾아와주
는 것이었어
지상의 모든 바다는 어부의 땀이 눈물겨워서
스스로 와서 죽어주는 것이었어
그물을 치고 천지신명과 인어와 바다채송화에게
많이들 오게 해달라고 염원했지
염원에 응답해준 것이 그 행복한 가을날의 떡전어였어
바닷가 사람들 떡 좋아해서 물건 된다 싶으면 이름 앞
에 떡을 붙여
인생에서 심해를 아는 사람들은
전어의 배를 갈라 내장을 먹지
정약전 선생의 복장에서 펄떡이는 바다를 꺼내먹지
바다와 나는 서로를 향기롭게 먹여주었어
생각나면 전화해
신선한 인생으로 향하는 선생을 만나고 싶다면
골뫼 앞바다의 떡전어가 물길을 터줄 거야

빼드랑치 상향

덕동 골뙤에서 길을 잃은 듯 만만찮은 시절의 정면을 걸
으면
길이 뚝 끊어져
누구나 미아가 되는 거기가 못 넘는 바위
딱 끄트머리에 앉아 낚시를 담그면
약속이나 한 듯 빼드랑치가 물려나온다
빼드랑치와 나와의 약속이라 한다면
세상만사 바닥을 긁어주어야 가렵지 않듯
낮은 곳에서 만나는 것
바닥에 닿을 듯 말듯 춤추듯 미끼를 흘려주면
한 자나 되는 빼드랑치가 나를 먹으러 온다
그래 나도 한 때는 쫄깃쫄깃했었다
잡고기 랭킹을 정하자면 단연 빼드랑치가 1위이지만
그 놈도 나잇살 먹으면 고기값 한다
우리 동네에 침 흘리고 코 흘리며 다니는 아이가 있었
는데
빼드랑치 굵은 놈으로 두 마리 구워먹고 깨끗이 나았다
이제 돈 보고 침 흘리고 연애에 코 빠뜨릴 나이는 지났
다
고기 축에도 들지 않는 자괴감이 폭식을 만들고
난폭을 만들지만

스스로 생명임을 깨닫는 지점에서
우리는 혼곤히 목숨을 주고받는다
빼드랑치와 주거니 받거니 하는 골든타임을 다 써버렸
는가?
살자고 꿈틀대는데, 도리어 제 몸을 낚싯줄로 칭칭 감는
빼드랑치여
침몰하는 우리여…… 상향!

* 빼드랑치＝베도라치

학꽁치와 탱고를

학꽁치를 낚으려면 짜장면 집 나무젓가락이 필요하다
나무젓가락 끝에 짧은 목줄을 묶고 바늘을 달면
그게 학꽁치 낚시채비다
긴 줄로 60센티미터씩 간격을 두고 나무젓가락을 달고
풀어주면서 배를 저어 가는 거다
한 백미터쯤 풀어주면 바다 한가운데서
나무젓가락이 벌떡벌떡 일어선다
학꽁치가 물고 좋아서 미치겠다는 뜻이다
나무젓가락이 춤추는 것 봤나?
학꽁치의 박자에 맞추어 춤추는 거다
학꽁치와 나무젓가락이 탱고를 추도록 내버려두었다가
천천히 끌어당기면
젓가락 하나에 학꽁치 한 마리, 친구 따라 강남 간다고
낚시도 물지 않고 따라오는 또 한 마리
마산 덕동만 깊숙이 학꽁치 떼가 들어왔을 때
아버지는 배를 젓고 나는 학꽁치를 애인처럼 끌어안았
다
그게 언제 이야긴가 하면
내가 날지 못한다는 이유로 추락하였을 때 이야기다
직장 잃고 아버지 밥 받아먹으며
처음으로 학꽁치를 만나

온몸으로 땡긴 탱고 한 곡이었다
춤추듯 밀려온 인생의 악보는 그날 딱 하루뿐이었다
미끈한 몸매의 그녀들을 떠올리면
추락도 한바탕 즐거운 춤이었다

쥐도리섬 꼬랑치

마산항에서 큰 바다 쪽으로 배 띄워 가면
쥐도리라는 작은 섬이 다가온다
마산 바다와 진해 바다가 끝나는 지점이다
거제 물길과 만나는 난바다다
거기서부터는 바닷물에서 반가운 파래냄새가 난다
중생대 백악기의 냄새가 난다
아버지와 단 둘이 배 세워놓고
나는 인물에 아버지는 고물에 괭이갈매기처럼 앉아
꼬막 같은 손으로 낚시를 내리면
물빛에, 그 말로 다할 수 없는 태연함에
천 길 복장이 시원해진다
어쩌면 내가 이 바다의 주인이 아닐까 황홀해져 보지만
그 바다는 꼬랑치들의 바다
온몸에 노르스름한 색깔 옷을 입은 꼬랑치는
어떻게 보면 베도라치를 닮았지만 베도라치에 비하면
살 깊은 족속이다
자기보다 남에게 먹일 건더기가 많은 족속이다
꼬랑치를 먹으려면
배따서 반쯤 말렸다가 꼬릿꼬릿한 냄새가 날 때
찌개를 끓이는 게 최고다
자작하게 졸아든 고린내!

복장에 구린내를 담고 사는 우리를
스스로 고요하게 만드는 천국의 고린내다
꼬랑치를 못 본지 오래되었다
아버지의 입맛이 어두워지고 조금씩 자기를 내려놓는
통에
내린 것을 주워 담느라
쥐도리섬으로 배 띄울 수 없다

* 꼬랑치 : 내가 가진 어류도감에 없다.

원전 떡갈치

물살이 한번 잡으면 놓기 싫은 권력처럼 세서
큰 봉돌을 달아 버텨보려 했는데
납덩이도 떠내려가는 원전 앞바다의 일곱 물때
후쿠시마 원전도 아니고
고리 원전도 아닌 마산 근처의 원전을 옛날에는 설전이
라고 불렀다
어느 간 큰 낚시꾼이 혓바닥의 전쟁터에서 낚시 하겠나
그러니까 나는 혀처럼 예민한 원폭 입질을 기다렸다는
것뿐
아버지는 낙엽을 떨어뜨리고
나는 새파란 청춘에 꽃봉오리 하나 꽂은
그때 그 바다는 아버지의 가을이었다
낚싯줄을 끝 간 데 없이 풀어먹이는데
아, 무엇이 내 가소로운 꽃봉오리를 스윽 베어버리는 거
다
애써 장만한 채비를 정말 아무렇지도 않게 베어버리는
거다
생각했다
물속에 끔찍한 놈이 도사리고 있다고
배에 시동 걸어 도망가거나 맞짱 뜨거나
그럴 때 물가에 사는 사람들은 보통 맞짱을 선택한다

―설마 그 분들이, 줄을 제일 굵은 걸로 써라
물에서는 아버지 말을 들어야 자다가 떡이 생겨
아버지 시키는 대로 줄을 바꿨다
혹 당기기에 질세라 나도 당겼다
떡갈치였다 두께가 시루떡 같은
추석이 가까웠는데 떡 대신 썰어서
차례 상에 올려도 될 것 같은 떡갈치였다
이 분들이 아직 이 바다에 살아계셨구나
아버지는 눈물까지 흘리고
나는 얼굴도 한번 보지 못한 은빛 찬란한 할아버지 생
각이 났다
할아버지의 바다에서 무슨 뜻으로
아버지의 가을에까지 행차하셨는지
한번 가야 하는데
이 아름다운 세상, 버섯구름 피어오르기 전에
할아버지들의 반찬 낚으러

* 마산의 원전 : 원자력 발전소와는 무관하다.

담과 깡내이

감씨이 새끼 깡내이를 잡으려면
민물과 바닷물이 만나는 곳이 좋다
해류의 만남은 돌아서면 그만인 외교적 만남이 아니라
기어코 하나가 되는 화학적 만남이다
그날 바다는 달빛을 내비쳤고
마을 강아지들은 일구월심이었다
욱곡 마을은 도로가 있기 전부터 우리를 기다렸다
도로와 바다는
그리운 직녀처럼 자정이 지나도록 만나고 있었다
달그림자를 따라 은밀히 스며든 해달 식구들은
깡내이를 한 마리씩 물고 있었다
두루미처럼 물가에 나와 앉은 아내와 나는
찰싹 붙어서 아직 스물 몇인 우리의 인생관을
막대찌처럼 달빛 위에 올려놓았다
우리의 아들이 할아버지 집에서 이유식을 잔뜩 먹고
배꼽을 내놓고 잘 때
우리는 얼굴에 비늘을 붙이고 욱곡 앞바다를 경청하고
있었다
해변 깊숙이 들어온 깡내이를
보리타작하듯 끌어올린 그 밤은
어느새 밤벌레소리가 만남의 뒤끝을 조율하고 있었다

바다의 속내는 깡내이가 물어 날랐다
생된장에 찍어먹을 때 가장 맛있는 깡내이는
우리 식구와 옆집 삼식이 아제네 식구들이
돌담 너머로 음식을 주고받다가
담을 허물게 한 생선이다
물떼새처럼 물가에 사는 사람들은
고대로부터 담 없이 만나고 담 없이 끌어당겨
잡아온 깡내이를 불 위에 올렸다
우리는 다만 담을 헐었다

* 깡내이＝새끼 감성돔

뒤포리 국수

뒤포리는 회로 먹는 것도 좋지만
몸 우려낸 국물로 옛날국수를 감싸 안았을 때가 최고다
밴댕이 소가지로 너른 바다를 주유하다가
뒤포리 국수 한 그릇이면
파도치는 위장을 잠재울 수 있다
멸치보다 약간 크고 납작한 뒤포리는 깡통집 뒤편 뒤포
리 국수집에서
펄펄 끓는 뼈 우려내고 눈알 우려내고
빈 소가지 우려내서
국수 국물에 파도 향기가 스며들었다
전라도 청년 김주열이 경남 마산 앞바다에서 떠오르는
역사적 운명 앞에서도
부마항쟁이 있었던 그해 저녁 무렵에도
뒤포리 국물 우려내는 냄새로 모든 역사는 허기를 면했
다
내가 최루탄가루를 뒤집어쓰고 간 1980년의 봄에도
주인은 삶아놓은 국수 한 덩이를
잘 우려낸 뒤포리 국물에 담갔다가 건져냈다
찌그러진 양은그릇에 담고 매운 고추 한 개 썰어 넣고
다시 뒤포리 국물을 부어 툭 집어던지듯 내놓던 뒤포리
국수

손님을 물로 보나 싶다가도
뒤포리 국물에 고개를 숙였다
다리 밑에서 자던 사람도 와서 먹고
밤새 술을 따른 여자들도 와서 먹고 주인도 배고프면
먹고
항상 위장이 비었다고 생각하는 나도 먹으면서
아무 것도 들어있지 않을 것 같은 뒤포리 소가지에서
마산은 소복소복하게 쌓여
한 덩이가 되어갔다
나는 그날 고춧가루를 듬뿍 뿌려달라고 했다
듬뿍 뿌려주는 고춧가루로 타오르는 내 속에 마중불을
질렀다

* 뒤포리＝밴댕이

67

시간표대로

산기슭에 들어선 갈빗집 말고 카페 말고
마을 앞으로 흐르던 실개천 말고
그 실개천이 바다와 만나던 것 말고
가포 초등학교 옆 무논에서 지절대던 개구리 소리 말인
데
그 소리를 들으며 바다로 가면
옛날에 가포 본동에서 살았던 인생 후배 녀석 하나가
땅값이 오르자 무담시 여자에 빠져
부모가 물려준 밭뙈기 몇 평 지키지 못하고
술로 끝장낸
흔하고 지루한 실연이 생각난다
그냥 잠깐 떠오르는 생각일 뿐
농어새끼 가지메기를 만나러가는 내 발걸음을
막지는 못한다
실개천이 그리운 큰아버지 집에 가듯
흐르다 만난 사람은 다름 아닌 밤바다
조곤조곤 털어놓는 사연 같은 비를
다 받아내고도, 아직도 보고 싶은 밤바다
거기는 가지메기들의 터미널
가지메기로 남느냐 농어가 되느냐
번민하다 대부분은 농어로 향한다

토닥토닥 밤비가 어깨를 두드리는 이런 날에는
역시 농어보다 가지메기가 반갑다
곧 매립될 조경수역에 앉아서
나는 미리부터 미래에 만날 가지메기를
회상한다
오늘 한 바구니 낚은 가지메기는 내일이면 반 바구니로
또 내일이면 몇 마리로 마침내 빈 바구니로
터벅터벅 걸어 나올 미래를 돌이켜 본다
땅값이 치솟고 집값이 오를수록 가지메기는 가는 거다
한방에 훅 가는 거다
지금은 좋은 얼굴로 굿바이 하는 거지만
당신을 밤마다 울게 한 개구리 소리처럼 어느 날 문득
그들이 없다
나는 가포 본동 앞바다의 가지메기를 추억하다가
죽은 자식 고추 만지는 시를 쓰게 되는 거다
이미 정해진 시간표대로

* 무담시 = 괜히

3부
더는 가지마라

미역치

　쑤기미에게는 발바닥을 쏘이고 미역치에게는 손가락을 쏘인다 가만히 놔두면 될 걸 발로 짓밟고 손끝으로 희롱했기 때문 급하면 쑤기미라도 국을 끓일 수 있지만 새끼손가락만한 미역치는 어딜 봐도 쓸 곳이 없다 오직 독으로만 존재를 알려온 이 바다 밑바닥의 삼류 인생은 도시의 지하방을 벗어나지 못하는 장삼이사의 딸들처럼 뒷골목에서 깔깔대고 뒷골목에서 아이를 낳는다 도시의 쓰레기통 옆에서 염병할 인생을 토해내고 잠들어본 사람은 안다 비수를 품기 어렵다면 독을 품어야 한다는 것을, 통영비진도 바다는 낚시꾼의 천국이지만 2006년 내가 세상과 타협하려고 독가시를 꺾은 그 봄에는 바다 밑이 온통미역치였다 독침으로 변한 머리 위 세 개의 지느러미를 곧추세우고 여차하면 쏘겠다고 독을 피웠다 그때 잠깐 생각했다 나는 다시 독으로 돌아가야 한다는 것을 이미 도시의 뒷골목으로 모여든 미역치들의 독기서린 말씀을 내가 대신 아파주지 않는다면 이 인간 중심으로 퇴보한 세계는 폭삭 주저앉고 만다는 것을 미역을 먹고 독을 만들어야만 했던 이 작은 것들의 직립! 모든 답은 이미 나와 있었다
　더러워서 더 살고 싶었던 것이다

나무섬 쏨뱅이

이름값 하는 물고기들은 이름을 남기고 떠나버리고
이름 덕을 보지 못한 '나'라는 어류는
막막한 달빛 언저리에서 야트막하게 살다가
끝내 물속 서식지를 떠나지 못하는
치명적 그리움이다
첫날은 부산 고모님 댁에서 하룻밤을 보내고
잡고기들끼리 얼굴 맞대며 부비며 하룻밤을 보내고
새벽 네 시를 향해 배를 띄웠다
큰아버지에게 들은 두 자짜리 쏨뱅이를 만나러
나무섬으로 갔다
잡고기 중의 잡고기인 쏨뱅이 속에서도
몸을 두 자나 키웠다는 그 희한한 성공을 배우러 갔다
낮은 곳으로 더 낮은 곳으로 가기 위하여
무거운 납 봉돌을 달고 나는 아버지와 함께
서로 손잡아주며 물속의 산동네를 숨 가쁘게 기어올랐
다
한때 어머니는 아버지와 눈이 맞아 부산으로 도망친 이
후
대신동 어느 골짜기에서 물장사를 하다
무거운 물동이를 버티지 못하고 늑막염에 걸렸다는 전
설을 기억하며

그때 내가 어머니의 뱃속에 있었다는 전설을 기억하며
두 자짜리 쏨뱅이가 품어야만 했던 독을 음미하러 갔다
아니나 다를까 성공한 것들은 쉬 움직이지 않아
고만고만한 씨알들과 희희낙락하다가 낚시를 접었다
나는 바다의 깊이를 모르고 바다는 한 뼘 내 소갈머리
를 안다
밑바닥의 잡고기들은 독을 품지 않으면 살아남을 수 없
다는 것
자기가 자기에게 중독되지 않을 만큼 독을 머금어야 한
다는 것
나는 독이 전신에 퍼진 태몽의 시간에서 살아남아
젖먹이 때의 깊은 꿈을 쉰다섯의 저녁바다에서 꾼다
나무섬에는 두 자짜리 쏨뱅이가 산다

덕석도다리

그해 초봄 대한민국의 남쪽 거제도에 백설기 같은 눈이
내렸다
거제의 동편 두모에도 내려
내 청춘의 날개진지에서 전투식량으로 이틀을 때우고
분대벙커로 돌아올 때
동백 꽃잎은 뱃사람의 첫 키스처럼 허기졌다
전방 백마부대에서 하사로 근무하던 나는 중대 전체가
갑자기
최후방으로 이동하는 괴상한 전략이 이해되지 않았다
군대에 말뚝 박고 싶은 마음이 없었으므로
육개월 남은 군대생활 까라면 까기로 했다
내 유년이 뛰노는 가덕도가 희미하게 보이고
내 앞에서는 언제라도 옷을 내릴 수 있는 애인이 사는
마산도
헤엄쳐서 건너갈 수 있을 것만 같았다
분대벙커에서 내려다보이는 선착장에서
낚시꾼 몇이 펄펄 내리는 초봄을 낚아 올렸다
동백 꽃잎이 무수히 쏟아지는 그 소모전에서는
누구에게나 순국할 기회가 주어져 있었다
보이지 않는 적에게 총구를 겨누고 있던 나는
낚시꾼이 낚아 올리는 조국의 한때를 불심검문하러 갔

다
　　한 지점에서 끝없이 낚여 올라오는 덕석도다리!
　　한 낚시꾼이 말했다
　　날씨가 추우면 도다리 떼가 덕석만한 크기로 모여든다
고
　　도다리의 생존전략이라는 거다
　　팽팽한 핏줄 같은 청춘이 그리워 두모에 놀러 갔는데
　　덕석도다리를 만나지 못했다
　　이미 고무신 바꿔 신은 열애처럼 바다는 생존전략을 잃
어버렸으니까
　　동백 따라 꽃 피는 덕석도다리
　　그때는 가난한 것들끼리 모여 영하로 떨어진 체온을 비
비며
　　서로를 살렸다
　　죄지은 놈 잡아오라 했는데 가난한 놈 잡아들인
　　시대의 허구 속에서도
　　서로 호 호 부는 것이 다시 모이자는 은유였었다

뽈라구 똥

뽈라구 낚시를 제대로 하려고 한겨울에 갔다
손등이 툭툭 갈라지는 바닷바람을 휘어잡고
배낚싯대를 후릴 줄 알아야 눈알이 백원짜리 동전만한
구멍 뽈라구를 만날 수 있다
거기다 물밑을 마누라의 빤쓰 구멍처럼 소상히 아는 선
장을 만나야 한다
뽈라구들이 한겨울 추위를 피하는 숨은여 위에
정확히 배를 댈 줄 아는 감각의 소유자만이
뽈라구 낚시꾼의 존경을 받는다
그래야 물밑 뽈라구의 주소지에 싱싱한 민물새우를 배
달할 수 있다
겨울 한파의 틈바구니 사이로 채비를 담그고
배 따라서 바람 따라서 흔들리다 보면
그렇잖아도 눈 밝은 뽈라구들이
하늘에서 내려오는 맛있는 밥을 덥석덥석 물고 늘어진
다
원줄 하나에 목줄 12개를 단 채비에
열두 마리의 뽈라구가 매달려 올라와야
그 낚시꾼 뭘 좀 하는구나 소리를 듣는다
낚싯대 끝이 바다에 박힐 때까지
몇 박자 쉬어주는 게 겨울 뽈라구 낚시의 미덕이다

남해 미조의 겨울바다는 몇 박자 쉬고 파도치는 법을
잘 알고 있었다
  작은 암초 위에 잠깐 내려서 뽈라구를 구웠는데
  눈이 소금처럼 뿌려졌다
  뽈라구 내장은 버리지 않는다 배를 살짝 열어보면
  동그랗게 뭉쳐 있는데 그걸 먹어야 뽈라구를 제대로 먹
었다고 하는 거다
  결국 뽈라구 똥을 먹는 것인데
  나는 쉰여섯인 이 나이가 되도록
  속이 뽈라구 똥만큼 소복한 사람을 몇 번밖에 만나지
못했다

* 뽈라구＝뽈래기＝볼락

동백섬 자리돔

어떤 사람들은 거제 동백섬을 지심도라 하지만
그 섬에 울울창창한 동백나무를 보면
동백섬이 틀림없다고 고백하고 만다
동백 사이로 난 소로가 있고 동백나무 벽이 있고
동백나무 지붕도 있어서
아무데나 누워도 동백산장이다
섬의 등에 올라 물가로 내려가면 거기가 다 낚시 포인
트다
하늘과 바다와 구름과 바람과 해와 달이
제 맘대로 굴러다녀도 훔쳐가지 않는다
동백 앞에 서면 누구나 선량하다
큰아버지와 아버지에게 배운 낚시법을 전파하였더니
동생이 하루아침에 낚시꾼이 되었다
어디서 들었다면서 동백섬에 뽈라구가 지천이라며
가자고 부추겼다
뽈라구가 올 계절이 아닌데 무슨 뽈라구?
가보니 갯바위에 자리돔이 활짝 피었다
시 속에 있어야 할 내가 시 밖에 있듯이
제주도에 있을 자리돔이 거제도에 있으니
물속 형편을 대강 알만 했다
낚여오는 자리돔마다 어머니의 외갓집에 온 듯 서먹서

먹했다
  힘찬 입질, 파괴적인 바늘털이가 있어야 제 멋인데
  칠락팔락 맥이 없었다
  남의 동네에 살러왔으니 눈치 보는 것인가
  가지 마라, 여기 이 자리에서 더 이상 가지 마라
  지구 온난화에 속아 속초로 인천으로 끌려가지 마라
  그 순간 동백 숲에서 동백꽃이 피어올랐다
  겨울에 피어야 할 동백꽃이 오뉴월 땡볕 아래에서
  미친 듯이,
  나까지 미친 듯이 피어올랐다

쥐고기를 배웅했다

주둥이가 쥐처럼 뾰족한 데다 회색빛 가죽옷을 입고 있
어서
쥐고기라 부르지만 결정적으로는
낚아 올렸을 때 찍찍 쥐 소리를 내기 때문에 쥐고기인
거다
민물 생선 중에 빠가사리란 놈이 일본인을 보면
빠가! 빠가! 소리를 내기 때문에 빠가사리이듯
쥐고기는 찍! 찍! 소리로 낚시꾼을 무장해제 시킨다
본시 쥐포란 것도 쥐고기 포를 떠 노글노글하게 말린
것인데
글쎄, 요즘 쥐포 속에 바다는 없다
삼천포항 테트라포트 방파제에 앉아 하룻밤 하루 낮을
꼬박
쥐고기를 기다렸지만 그 하룻밤 속에는 긴 긴 이야기도
없었다
회색 가죽옷을 벗기면 옥색 무지개가 걸려있는 쥐고기
뼈째 씹어 먹어야 제 맛인 쥐고기
몇 년 전만 해도 방파제에 널어 말리는 쥐고기를 보았
는데
그날은 밤새 마른 바람만 불었다
바다에 갔다 오는 새벽 배를 불러 몇 마리 사갈까 생각

했는데
　물칸을 열어보니 달랑 두 마리 있는데 어떻게 사가
　꽃 지듯 삼천포 앞바다 쥐고기도 졌다
　나는 다음 날도 그 다음 날도 꿈쩍 않고 기다렸다
　약간 암모니아 냄새가 나는 듯한 쥐고기 한 마리 먹어
보겠다고
　아직 절명하지 않은 바다를 먹어서 확인해보겠다고
　모든 생명의 모국어로 그나마 바다가 나를 호명해줄 때
　귀하신 몸이 된 쥐고기 한 분
　내 스무 살의 바다로 가시라고 꼭 배웅하고 싶었다
　밤마다 찍! 찍! 쥐가 설쳐댔고 서럽게 울어주지 못한 바
다가
　테트라포트 방파제에 쓰러져 있었다

염소똥 자리

거제 옆 이수도에 가면 염소똥 자리라고 있지
블랙홀 같은 흑염소 떼가
저마다 한두 개씩 식물성 별을 떨어뜨리고 간 곳
아무도 모르고 나와 동생만 알지
내가 처음으로 명명하였으니까
거제사람들은 쥐노래미를 게르치라고 해
거기 게르치도 굵직굵직해서 게르치 반찬으로 저녁을
먹고
밤낚시를 시작했어
밤낚시는 단출해야 한다는 낚시헌장 1조 3항대로
나는 막장대에 야광찌만 달고
간출여 옆으로 채비를 흘려보냈어
미끼로는 내가 크릴새우를 안 좋아 해서
몰고씨이 한 마리를 바늘에 끼웠지
몰고씨이, 몰고씨이, 입안에서 꼬물거리듯, 말맛이 간지
럽지?
갯지렁이야
눈 밝은 뽈라구가 한 마리 오려나? 바다 속에 달이 잠
길 때
야광찌가 간출여 곁으로 쭈욱 끌려가더니
쏙 들어가!

천천히 잡아당기니 물밑에서 뭐가 데굴데굴 구르는 것
같았어
세 번을 버티고 세 번을 뒹굴더니
달하, 높이곰 도다샤! 얼굴을 내미는데 감씨이였어
나 혼자서는 끌어올리지 못하고 동생이 물에 들어가
제수씨 엉덩이 안듯 그놈을 안았지
내 팔뚝을 넘어서는 놈!
인생에서 이보다 큰 감씨이는 다시 못 만날 것 같다고
동생에게 말했지
괜한 소리를 해가지고 아직도 그만한 놈을 만나지 못하
고 있어
바다 앞에서는 함부로 입을 놀리는 게 아니야
바다 앞에서 하는 말은 모든 게 염원이니까

주꾸미가 부러웠다

주꾸미를 낚으려면 소라껍데기가 필요해
소라껍데기를 줄에 매달고 바다에 던져놓기만 하면 돼
열 살인 내가 소쿠리섬에 갔을 때
아버지는 전세살이를 청산하고 집을 지었지
집 지은 기념으로 낚시를 갔는데
진해 소쿠리섬에는 무주택자가 많았어
선풍기도 찬장도 장롱도 없는 소라껍데기에
주꾸미가 들어왔지
곧 죽을 줄도 모르고 주꾸미들이 집에 환장해 있었어
집이라고 들어와 발 뻗고 누우려 하는 놈들을
아버지는 낚아 올리자마자 우물우물 씹어먹었어
낚시꾼들은 언제나 자신의 비법을
아들에게 가르치려 하지
주꾸미를 산채로 먹는 법은 배우지 말았어야 했어
나중에 나도 아들에게 가르치려다가
원시인으로 낙인 찍혔지
그런데 나는 쉰여섯이 된 이 나이에도
집 한 채 마련하지 못하고 있어
생각해봐
물속 미역 숲속의 소라껍데기 집을
집 때문에 완전히 갔군, 소리를 들어도

어디서 본 듯한 얼굴이 내 몸을 잡아 잡수신다 해도
한 번 들어가서 살고 싶어지지
진해 남동쪽 소쿠리섬 바다의
물살 좋고 물빛 좋은 곳에는
여전히 쓸 만한 빈집이 굴러다니고 있을까
그 근처에 조카 하나가 살고 있는데
소라껍데기 몇 개 주워놓아라 하면 안 될까
소쿠리만한 지붕 아래에서 밥 갈라 묵는
그 달그락거리는 소리를 내고 싶었어

좆노래미

가덕도와 진해 안골에서는 좆뿔라구라 그랬고
마산 욱곡과 거제 구조라에서는 좆노래미라고 한
그 괴생명체는 역시 그것이 물건이라네
어쩌면 산란관일지도 모르는 그것은
길쭉한 것이라면 무조건 좆으로 환산해버리는 남쪽바
다의
상상력을 관장해 왔다네
한때 동해바다에서 많이 나오는 홍합을 서울 사람들이
점잖게
동해부인이라 했듯이
그 괴생명체는 지읒으로 시작하는 모욕을
항문 쪽에 달고 다녔다네
그러나 아시는가?
어느 청빈한 선비가
입을 것이 없어서 인생의 가장 고단한 부위를 드러내고
시장을 활보했다는 것을
아무도 먹지 않고 어쩌다 한 번씩 물 밖으로 몸을 드러
내는
그 가난한 몸뚱이는
모든 어족이, 모든 우랄알타이어족이 사라졌을 때
미래의 어족(魚族)으로 또는 어족(語族)으로 남겠지만

남루를 걸치고서도
지금 이 순간이 소중해서, 현실이 중요해서
몸으로 일갈 하시는 거라네
아래가 있어서 위가 있나니
한사코 기어오르다 어지러운 분들
이거나 빨면서 내려오세요 하고

* 좆노래미 : 내가 가진 어류도감에 없다.

나목의 생선

나무가 저마다 옷을 벗고 숙면을 준비하면
통영 바다에는 호래기가 온다
그러므로 호래기는 나목의 생선
스스로도 옷 같은 건 버린 지 오래다
매끈한 알몸으로 바다를 씻어 내리는
늦은 가을밤의 19금
불 켜진 방파제라면 어디라도 찾아오는 양성주광성의 밤
나는 동생과 함께 지나간 여름의 뜨거운 불면을
미처 내려놓지 못하고
테트라포트 방파제에 섰다
충무에서 통영으로 도시의 이름이 바뀌는 그 해에도
우리 집에서는 호래기젓을 담았고
채 익기도 전에
파를 썰어넣고 참기름 한 방울 떨어뜨리고
호래기젓을 먹었다
오늘밤도 민물새우 두 마리를 달고
모든 불면은 가치 있다고 선언하기 위하여
불 켜둔 인생으로 뛰어드는
빛의 금서를 읽는다
이 밤이 지나면 나는 불면을 씻어 내리고
스무 살 때의 꿈을 다시 꿀 수 있을 것이다

어느새 새벽이 오고 일 나갔던 배 들어온다
한 바가지 담아가서 이웃에도 돌리고
내 입에도 몇 구절 넣으면
바다에 관한 형용사들이 톳나물처럼 무성할 것이다

* 호래기＝반원니꼴뚜기

긴꼬리벵에돔

아들 다섯 살 때 승합차 뒷좌석에 태우고
처음으로 낚시터에 데리고 갔다
낚시터는 구조라로 정했다
장승포에서 잠깐 차를 세워 낚시점에 들러서
홍갯지렁이를 사고 아들은 옆 구멍가게에서 과자를 샀
다
장승포에서 구조라까지 가는 해안도로는
긴꼬리벵에돔의 꼬리처럼
날렵하게 나를 구조라까지 안내했다
―다 왔다, 내리자
아들이 뭔가 꾸몄는지 뒷좌석이 비었다
아들은 곧잘 장난 뒤에 숨었다
쿵!
무너지는 가슴
내가 낚시에 미쳐 장승포에 두고 왔구나!
다시 온 길을 되짚어갔다
불길한 생각이 해무처럼 뿌연 도로를 덮었다
눈물까지 찔끔거리며 장승포항이 출렁거렸다
낚시점 앞에 아들이 오뚝하게 앉아있었다
―아빠가 나 못 찾을까봐 아무데도 가지 않았어
―잘했다, 하지만 네가 어디에 있어도 아빠는 찾아낼

수 있어
  벵에돔은 무슨 대단한 벵에돔이냐
  그날 밤 아들과 나는 낚싯대도 펴지 않고
  물가에 앉아서 밤새 별을 헤었다
  아들은 내 품속에서 따뜻한 냄새를 끌어당겨 새벽잠을
잤다
  당길 힘이 좋아 낚시꾼들이 환장하는
  긴꼬리벵에돔도
  그날 하루만은 발 뻗고 잤으리

꼼장어가 타오르실 때

부산 고모님은 돌아가시기 일주일 전에
마산에 오셔서 이틀 쉬시고
나이 쉰을 바라보는 내게 십만 원 용돈을 쥐어주시고
안 됩니다 안 됩니다 해도
해오던 대로 하자 하시고
그게 저승 가는 차비였을 텐데 걸어서 가시려는지
꼬깃꼬깃한 돈 쥐어주시고
배 다섯 척으로 꼼장어 어장을 하실 때
자갈치 시장으로 돈 길을 터주었던 그 기분 그대로
다 주고 가려 하시고
모든 이의 눈에
아직 십년은 더 사실 것 같은 기대를 불어넣어주시더니
부산 가신 일주일 만에 적멸에 드시고
고모님 시신 화장장에 밀어 넣는데
고종사촌 누나들 퍼질러 앉아 울고
누구 하나가
엄마 낳아주셔서 고마워! 뜨겁게 뜨겁게 울고
나는 갑자기 심장이 파도처럼 출렁거려
슬그머니 빠져 나오고
그런데 어디서 온 것인지 고소한 꼼장어 굽는 냄새가
내 코로 스며들고

아, 그게 고모님 육신 타오르는 향기였고

* 꼼장어 : 먹장어와 묵꾀장어를 통틀어 꼼장어라고 한다.

폐가

청정해역에서만 산다는 해마를 한 번도 만나지 못하고
동화 속의 해마를 그리워만 하다가
거제 해금강 바다에서 그를 만났다
물밑에서 뭔가가 걸려들긴 했는데 느낌이 시원치 않았다
올려놓고 보니 폐통발이었다
그 통발을 집이라고
그와 그의 새끼들이 어미 없이 오순도순 살고 있었다
청렴을 신조로 삼다가 퇴직 후에 집을 팔아야 했던
내 아버지처럼
서울 변두리 지하방이 아니면 갈 곳 없는 나처럼
나에게 딸린 식구들처럼
그는 바다 속의 가을비를 온몸으로 막아내고 있었다
쑥쑥 솟아오르는 고층빌딩 속에 '알박기'로 남아있는
담배 가게처럼
마을 앞 빈집처럼
화려한 해금강의 바다 속에서 그의 우거는 제거대상 1순
위였다
모든 가족에게 집을 제공하겠다는 혁명가를 찾아
그는 이제 막 말 달려가려 하는 중이었다
안심하고 갔다 오라고 내 소식도 전해달라고
그의 고귀한 폐가를 다시 내려 보냈다

4부

모든 것이 배웅이었다

고등어의 속도

남수의 고향 시락에서 아침을 시락국에 말아먹고 서둘러 배를 띄웠다 바다 가까운 솔밭에는 백로가 낮게 날고 바다에는 안개가 자욱했다 초여름을 견디지 못하고 털매미의 노래 소리가 바다에까지 들려왔다 안개가 걷히면서 만조가 되었고 우리는 빈 바구니로 돌아갈 각오를 하며 쏟아지는 땡볕을 즐겼다 모두 직장을 잡아 일 나가고 도시 한복판을 무료하게 걷는 것이 미안한 월요일이었다 백수는 손에 쥔 것이 없으니 악수를 잘하고 쉽게 어울려 유유상종을 업으로 삼는다 우리는 어울리는 것이 목적이지 물고기 몇 마리가 목적이 아니었다 일 하지 않고 삼시세끼를 챙겨 먹는 것이 몹시 괴로워 낚시라도 해야 하는 스물 몇 나이였다 백수라는 거대한 녹부줄에 묶여있을 때 배 밑에서 섬광이 번뜩였다 고등어 떼였다
아, 자유의 속도!
우리에게서 자유를 빼면 비늘만 남았다

* 녹부줄 : 배 묶는 로프

99

숭어

바닷가에서 뭔가를 주는 방법은
'더 담을 곳이 없다, 가져가라'였다
그는 분명 자산어보 한쪽 페이지에 은거해 있다가
조금 전에 책 밖으로 나온
유배지의 가난한 어부였으리
대나무 장대와 챙 넓은 삿갓이 1980년의 삼귀해변에서
과연 어울리기나 한 것인지
바다는 스스로 무거워 가라앉기 시작했고
아마도 그날의 숭어는 때 묻지 않은 바다가 전해주는
마지막 택배였으리
펄펄 날아다니는 청춘을 받들고 내가 물가에 섰을 때
그는 천천히 물지렁이를 꿰고
시끄러운 세파와 아우성의 중심으로
조금 휘어진 대나무 장대를 드리웠다
몇 명 남지 않은 조선의 낚시꾼이었다
내일도 대학 교문 앞에서는
'민주주의 사수'라고 크게 적어놓고 농성을 할 것이고
우리는 앞 시대가 빌려 쓴 부채를 탕감하기 위하여
청춘을 부어 쥔 손가락 하나를
단지할지도 모른다
그는 잠깐 동안 바구니를 가득 채웠고

구경하는 나에게 한 마리를 남겼다
—더 담을 곳이 없다, 가져가라
나는 산지사방으로 뛰어오르는 시간을
어디에 담아야 하나 궁리하던 중이어서
숭어 한 마리의 의미를 담아오지 못했다

눈높이 1

가덕 등대 바다 밑은 넓고 깊어서
수심을 알려면 계산을 버리고 몸을 믿어야 한다
물살이 세서 무거운 봉돌을 달고
바닥에 닿는 순간을 짚어보고
잠깐 들어 올렸다가 다시 내리면
네 얕은 깊이에도 밀물이 든다
해저의 노을은 어떤 것이고 침몰한 태양은 얼마나 아픈
가
들었다 내렸다 들었다 내렸다 고패질을 하면
바다의 호흡이 왜 깊은지 바다채송화는 언제 꽃을 피우
려는지
누구를 그리워하고 있는지
바다가 너에게 네가 바다에게 고백을 듣게 된다
아버지의 가르침에 납작해진 내가
아버지와 함께 등대 밑으로 간 그 날은
고패질이 필요 없었다
파도가 세서 가만히 낚싯줄을 잡고만 있어도
배가 흔들흔들 저절로 고패질이 되었다
내 봉돌이 잠자는 어떤 녀석의 이마를 때렸는지
손으로 잔뜩 화난 입질이 전해졌다
아무리 잡아당겨도 얼굴을 보여주지 않는 심해!

한참 만에 정체를 드러냈는데 광어였다

배 밑으로 잠수함 한척 지나가는 것처럼 물빛깔이 검었
다

도저히 내 힘으로 안되는 게 있다

그걸 나는 낚시로 알았다

아버지가 받아서 끌어올리려 했지만

광어는 다 올라와서 줄을 끊고 천천히 가라앉았다

가마솥 뚜껑보다 큰 그 놈은

아버지가 모든 것을 다 해결해주지 못한다는 걸 말해주
고 갔다

전지전능의 자리에 있다가

아버지가 내 눈높이로 내려왔다

그날부터 아버지와 나는 지구와 달처럼 마주보았다

눈높이 2

거제 해금강에 도착해보니 바다의 금강을 애무하듯
산더미 같은 파도가 암벽을 핥았다
아들을 데리고 가서 나른하게 낚시를 담그고
행복한 라면을 끓여먹을 형편이 아니었다
중고 승합차에게는 조금 가파른 길이지만
해금강 뒤편 도장포로 들어가 선착장에서 낚싯대를 꺼
냈다
큰아버지가 그랬던 것처럼 아버지가 그랬던 것처럼
이제 겨우 초등학교에 들어간 녀석에게
낚싯대 하나를 맡겼다
오는 도중에 만난 만발한 벚꽃을 미끼로 뽈라구를 기
다렸다
몰고씨이를 싫어하는 아들을 생각해
장승포 낚시점에서 민물새우도 샀다
민물새우는 인어에게도 통한다고 아버지에게 들었다
하루 종일 앉아서 뽈라구 두 마리를 낚고
멀리 나갔던 낚시꾼들이 속속 돌아올 때쯤
아주 천천히 아들의 낚싯대가 휘어졌다
아들이 물에 빨려 들어갈 것만 같았다
낚싯대를 내가 받아서 놀려보았다
물밑에서 시꺼먼 놈이 몸부림쳤다 농어만한 게르치였다

뽈라구를 잡겠다고 목줄을 가는 것으로 썼던 게 화근
이었다
돕고자 했는데
아들의 물고기가 도망가는 걸 돕고 말았다
아들에게
전지전능한 아버지였던 나는 한순간에 땅으로 곤두박
질쳤다
통쾌했다
그동안 나는 언제 아들의 눈높이에 맞추어질지
기회만 엿보고 있었다

* 게르치＝쥐노래미

날치를 보았다

큰어머니는 큰영에서 잡은 돌창게로 젓을 담아서
김해장에 내다파셨다
갯바위에 붙어있는 홍합을 따 콩콩 찧은 다음
천에 싸서 막대기에 매달고 물속에 내려놓으면
돌창게가 끝없이 모여들었다
나는 가덕 살면서 끝없이 이어지는 옛날이야기와
끝없이 솟아나는 연대봉 아래 샘물과
끝없이 모여드는 돌창게를 보면서
지상의 모든 생명이 영원하기를 바랐다
김해장에 가셨는 줄 알았는데 큰어머니가 마산에서
전화를 하셨다
—가덕 가려면 나하고 같이 가자, 돈을 너무 많이 벌어
서 혼자서는 못 들고 가겠다
가덕 가는 길이
진해를 지나 용원을 거쳐 가는 길만 있다고 알았는데
마산에서 배 타고 바로 가는 뱃길이 있다는 걸 그때 알
았다
돈을 얼마나 벌었겠어? 나하고 같이 가는 게 좋으신 거
지
진해만 앞을 지나가는데
배 옆으로 뭔가가 날아오르기 시작했다

날치였다
물고기가 하늘을 날다니! 무수히! 무심히! 끊임없이!
아, 나는 살아있는 날치 떼를 보았다
내가 인생의 무관심들과 많이 다른 것은
날치 떼를 보았기 때문이다
날지 못하는 행성의 승객들이 탄성을 지르며
한 뼘씩 날아올랐다

개우럭처럼

이름 앞에 '개'가 붙어서 좋은 것 없는데
바다 밑 어초의 주민 우럭은 다르다네
몸길이가 60cm는 넘어가야 개우럭으로 불러준다네
애처로운 것들의 안전을 위하여
얼마나 컹컹 짖어야 개우럭이 되는가
지킬 것도 없는 섬 집 강아지처럼
인생의 대부분을 바닷가를 쏘다니며 보낸 내가
어쩌다 대한민국의 시인이 된 이후로
시는 컴퓨터나 부둥켜안고 밤새 자위나 하는 것이 아니
라는 걸
알았다네
달이 그리워서 그리움에 묻혀 죽는 게 아니란 걸 알았
다네
생존을 향한 밥상에 남의 살 올리려고
버둥거려도 허우적거려도 영원히 밑바닥으로 남는 밑
바닥을 위해서
컹 컹 컹 개처럼 짖어야
비로소 낭송이 된다네
그러므로 '컹 컹 컹'이라는 단 석자를 지키기 위하여
어떤 시인은 시인이 된다네
남해 노도 바다에서 개우럭이 된다네

이 선명한 달빛은 나 혼자의 것이 아니라네
개처럼 짖어야 달빛 한 가닥이 겨우 지켜진다네

마산항 돌돔

내가 한미한 가문의 한 마리 치어였을 때
마산항 부두에서는 돌돔 새끼들이 떼 지어 놀았다
배들이 들고 나는 틈바구니에서
세로로 그은 줄무늬가 선명한 그 녀석들은
뼈대 있는 가문의 후손들로서
장차 갯바위의 황태자가 되는 꿈을 꾸고 있었다
그때 마산항은 꿈들이 꿈을 먹고 자라도
언제나 새 꿈이 넉넉히 주어지는 태반이었다
나는 방과 후에 부둣가에 가서
미더덕을 까는 아주머니들 근처에서 돌돔 새끼처럼 헤
엄쳐 다니다가
가끔씩 물려주는 미더덕을 씹으며
내 몸에서 돋아나는 지느러미를 가지런히 세웠다
언젠간 나는 그 지느러미로
외항선이 다니는 궤적을 따라 큰 바다로 나갈 것이고
돌아올 때는 온갖 재물과 귀화요초를 가득 싣고 올 것
이었다
그렇게 나의 밀물 때를 기다리며
학교와 부둣가를 오가는 사이
돌돔 새끼들은 꿈을 실천하기 위하여 하나씩 둘씩
큰 바다의 뜨거운 갯바위로 떠나갔다

그러나 바다로 떠나간 사람은 언젠가 한 번은 돌아오
지 않는다
항구는 깃들기 위한 곳인가 떠나기 위한 곳인가
사랑아!
저기 돌아오지 않는 마산항이 있다

일곱톤바리

능성어는 능시이라고도 하지만
몸에 흰 줄무늬가 일곱 개 그어져 있어서
일곱톤바리라고 부른다
톤바리, 톰배기는 가덕도 말로 토막이란 뜻이다
아버지와 큰아버지가 동네 배를 빌려 타고
탕수구미로 간 그 날은
낮은 불볕처럼 뜨거웠고 아침저녁으로 시원했다
바다에 노을이 져 형제가 술 먹은 것처럼 불콰했지만
심상찮은 입질이 와 긴장해야 했다
일곱 물때의 바다인데 어쩐지 잔잔한 것이
뭔가 큰 일이 닥칠 것 같은 예감으로 서늘했다
바닷가의 삶과 죽음은 모두 치끝머리에서 시작하여
한껏 붉어진 노을로 끝난다
그 사이에는 언제나 꼭 와야만 하는
서신 같은 예감이 있다
예감이 어둑어둑해질 때 나타난
입질의 주인은 일곱톤바리, 팔뚝만한 능성어였다
사이좋게 한 마리씩 낚고 온몸의 맥이 풀렸다
그것이 형제가 이승에서 함께한 마지막 낚시였다
그즈음 가덕도와 부산이 한 덩이로 이어져
이미 가덕도는 섬이 아니었다

땅값이 죽순처럼 두 배 세 배, 열 배로 치달았고
집집마다 땅 문제로 부모 형제간의 송사가 끊이질 않았
다
이 예감의 물고기는 먼저
두 형제를 이승과 저승으로 갈라놓았고
가덕섬의 인심을 일곱톤바리, 아홉톰배기로 갈라놓았다
아버지는 그리워서 추억을 더듬다가 눈물을 찔끔거렸고
한때 빵빵하였으나
시름시름 쪼그라드는 바다의 부레는
배 저어 돌아올 때까지 숨이 가빴다

* 능성어＝능시이＝일곱톤바리＝아홉톰배기
* 치끝머리 : 해안선에서 보면 바다 쪽으로 툭 튀어나온 부분.

돗돔

할아버지가 한길에 가덕 역사 이래
최대의 물고기를 매달았는데 어른 키를 훌쩍 넘는 놈
이었다
그때는 큰 고기를 낚으면 나무기둥에 매달아
자랑하는 풍습이 있었다
마을사람들이 저마다 한 토막씩 가져가서 먹었지만
정작 할아버지는 그 고기 맛을 보지 못하셨다
큰아버지는 누룽영에서 밤새 물고기와 씨름을 하다가
새벽녘에 줄을 끊어먹고 말았다
물고기가 지쳐 등짝을 내보이며 바다로 돌아갔는데
물위로 조금 올라온 등짝만 해도 거름삼태기만 했다
아버지는 이렇다 할 물고기를 평생 못 만났고
나 역시 잔챙이들 하고만 놀았다
할아버지와 큰아버지가 만난 물고기들은 집안의 전설
이 되었다
나는 그 물고기가
아마 돗돔이 아니었나 생각하곤 한다
삼대가 공덕을 쌓아야 돗돔을 맛볼 수 있을까 말까 하
다는
말이 있다
할아버지로부터 삼대가 되었지만

나는 그 전설의 물고기를 맛볼 욕심이 없다
나무기둥을 세워 물고기를 매달고
마을사람들의 허기를 면하게 한
할아버지의 그 깊은 해저를 그냥 전설 속에
모셔두고 싶었다

꽃게처럼

큰어머니께서 말씀하셨네
마루에 섬동백 같은 꽃게 한 마리 잡아두었다고
너 출출하면 구워먹으라고
입이 궁금하면 일곱 살 인생도 궁금해
너 잡아먹어야겠다고 꽃게를 건드릴 때
꽃게는 나 따위 두려워하지 않고
그래, 세상에 나와 파도도 만났고 수평선까지 가보았고
바다보다 넓은 밤하늘도 보았으니
어린 사랑아, 할 테면 해보아라 하였네
어? 이것 봐라 상당히 건방지다
불에 던져버릴까? 했더니
꽃게 가로되, 아이고 좋아라
그러면 물에 던져버릴까?
아이고 무서워라
그래, 너도 무서운 게 있을 거야
광대 밖 채마밭 옆 상여집 같은 으스스한 게 있을 거야
개울은 일곱 살 세상이 아무리 뒤숭숭해도
언제나 바다로 가는 것인데
너 좀 혼나봐라 하며 개울에 던졌네
꽃게 손 흔들며 작별사를 고하였네
좆 빨아라!

큰어머니께서 말씀하셨네
사내로 태어나 싸움을 피할 수 없으면
꽃게처럼 싸워라 하셨네

창원군 천가면 성북리 326번지 상향

창원군 천가면 성북리 326번지를
아버지라고 불러도 되겠습니까
한겨울 둘밑에서 캔 못된 처녀의 젖통처럼 큰
살 깊은 꼬막을 어머니라고 해도 되겠습니까
그 여름 마른 우뭇가사리로 묵을 고아
그늘에서 식히던
가마솥을 할머니라고 불러도 되겠습니까
온 세상의 어머니와 아버지와 할머니들을
내가 맛있게 먹은 장독의
묵은 된장이라고 해도 되겠습니까
고구마는 김치와 먹어야 맛이 있고
꼬막은 볏짚 태운 아궁이에 구워야 제 맛이고
세수는 꼭 쇠죽 끓인 물로 하게 했던
그 꾸들꾸들 마른 군내가
눈병에 삭은 똥물을 한 방울 떨어뜨려 주던
그 순진한 쓰라림이 그리운 나이에
방금 저는 도착했습니다
파래와 풀가사리를 늘어놓은 마당에서
내가 키우던 흑염소가
성뚤에서 자라는 청미래덩굴을 먹고 잠을 잘 때
염소젖을 만지며 내가 잠들었을 때

창원군 천가면 성북리 326번지가
빨랫줄마다 대구를 널었습니다
창원군 천가면 성북리 326번지에
다시 한 번의 생을 더 살고 싶은
말똥성게 같은 초가지붕이 있었습니다
미역 같고 서실 같은 가여운 바람들이
넉넉하지는 않지만 모자라지도 않게 살다간
창원군 천가면 성북리 326번지시여…… 상향!

* 성뚤 : 가덕도 사람들은 가덕 진성의 성벽을 성뚤이라고 부른다.
* 서실 : 실 같은 해초로 초봄에 향기가 더하고 맛이 있다.

생명의 바다를 물들이는 망향의 시

김경복(문학평론가, 경남대 교수)

과거로 돌아가고 싶은 마음은 왜 생기는 것일까? 그 이유는 사람마다 각자 다를 것이지만, 공통적인 까닭 한 가지는 과거의 어느 한때가 잊혀지지 않는 강렬한 그리움으로 남아있다는 점일 것이다. 과거의 어느 한 순간을 다시 살고 싶다는 열망이 현재의 생활 속에 과거의 사물과 상황, 그리고 사람들을 불러낸다. 그것은 결국 현재의 삶에 중요한 그 무엇인가가 결핍되어 있다는 것을 인정하는 행위이자, 그 구멍 뚫린 부분에 과거의 풍요롭고 충만했던 한때를 채워 넣어 다시 살고 싶다는 마음의 움직임이다.

유년의 고향에 대한 그리움이 이런 경우 가장 전형적인 예가 된다. 유년의 고향이 갖는 원초적 충만감과 따뜻함은 성인이 된 도회지 사람에게 가장 절실한 그리움의 대상이 되는 것이다. 분리와 소외가 본질로 작용하는 성인의 삶에서 포용과 친밀로 물들어 있는 유년과 고향의 정경은 구원의 대상이자 지향이다. 독일 낭만주의 시인인 노발리스는 이런 점에 비추어 철학은 향수요, 어디에서나 고향을 만들려는 충동이라고 말한 바 있다. 인간의 고귀한 정신적 학문인 철학을 고향에 대한 충동이라고 정의한 이 말 속에는 인간 정신의 어떤 본질적 측면으로서의 과거 회귀성을 잘 갈파해준 지혜가 들어 있다. 이로 생각해보면 다음과 같은 경구들을 얻을 수 있지 않을까? 인간은 미래를 꿈꾸지만 그 꿈의 재료들은 자신의 과거에 깃들어 있다. 과거가 곧 미래의 토대가 된다. 그런 점에서 아름다운 미래는 선별된 아름다운 과거들의 집합이다.

　시인 박형권의 이번 네 번째 시집은 바로 이러한 점을 그의 유년의 체험을 통해 독특하고 아름답게 펼쳐 보이고 있다. 시집 전체가 그의 유년의 고향인 가덕도의 풍경과 가덕도를 둘러싼 남해 지역의 물고기들을 통해 유년의 따사로움과 생명적 충일감을 노래하고 있는 것이다. 특히 모든 시에 한 마리씩의 남해 물고기를 등장시켜, 정약전의 흑산도 『자산어보』에 대응하듯 시로 경남 연근해 어류의 특색을 기록하고 있는 것은 시의 특징적 세계이다 못해 시로 쓴 '신자산어보'라 할 수 있다.

　그의 시는 첫 시집에서 보여주었던 민중적이고도 농경적 상상력을 거쳐, 두세 번째 시집에 보였던 소외와 가난의 현실주의적 상상력을 통과한 뒤, 바다와 유년으로 출렁대는 원초적 그리움의 세계로 치닫고 있다. 그가 이 세계에 도달할 수밖에 없는 사연에 대해서는 그의 시적 도정을 따라가 본 독자라면 자연스레 납득할 터이지만, 이번 네 번째 시집만을 따로 두고 본다 하더라도 그 그리움의 깊이와 정도가 매우 독특하고 아름다워 한 권의 시집으로서 가지는 가치는 남달라 보인다. 박형권의 과거와 현재의 간극을 이번 시집의 시들이 모두 해명하고 있는 데다 동시대의 현대인이 갖는 결핍의 문제성을 본질적 차원에서 제기하고 있기 때문이다.

그 점에서 인간의 본질로 작동하고 있는 과거지향성이 우리 시대에 갖는 의미와 유효성이 어디에 있는지를 이번 시집은 우리에게 묻고 있다. 시인의 해명을 찾아 그것을 나의 답으로 새기게 된다면 우리는 당대에서 겪는 결핍과 모순의 현기증을 헤쳐 나갈 방향타 하나씩은 얻게 되는 셈이 될지 모른다. 그 길에 들어서기 위해 우리는 박형권 시인이 구축하는 유년의 풍경, 그 애틋한 정경 속으로 들어가 볼 일이다.

원체험(原體驗)과 우주공동체에 대한 기억

그의 시집을 펼쳐보면 그 어디에서나 어렸을 적 바닷가 물고기를 둘러싼 체험을 표현해 놓은 것을 만나게 된다. 화자는 성인이 된 상태에서 회상의 형식을 빌고 있지만 체험의 구체화는 유년 시절의 눈높이와 의식의 차원에서 기술되고 있다. 아니 유년과 성인의 정서가 융합되어 과거의 감정인지 현재의 감정인지 잘 모르게 서술되고 있는 것이다. 다음 시가 바로 그런 경우의 작품이다.

때로는 마산 사는 막내 동생이 오리고기를 좋아했다는 이야기도 하시며

큰아버지의 표정이 그리움에 싸이는
그 빨랫줄에 걸린 겨울 메거지의 밤
시간도 사람도 언제나 내 것이라고 믿었던 큰댁 사랑방에서
싸락싸락 내리는 싸락눈 소리를 잠결에 들었어
한 마리 있는 일소도 잠들지 않고 지나간 가을을 반추하다
새벽에 겨우 잠들지
아침에 일어나 걸어놓은 메거지를 보면 그렇게 먹었는데도 그
냥 그대로야
메거지 다 먹을 때까지 겨울은 가지 않아
나는 영원히 겨울이기를 바랐어
큰아버지의 인생이야기를 오래오래 듣고 싶었던 거지
                                    ―「겨울 메거지」 부분

이 시의 핵심은 겨울 한 철 메거지(물메기)를 먹으며 큰
아버지와 함께 지냈던 날들의 평화로움에 놓여있다. 이 시
절이 얼마나 따뜻하고 행복했었는가 하는 점은 "시간도 사
람도 언제나 내 것이라고 믿었"다는 시적 화자의 안온한 기
억이나, "아침에 일어나 걸어놓은 메거지를 보면 그렇게 먹
었는데도 그냥 그대로야"의 풍요로움에 대한 확인, "나는
영원히 겨울이기를 바랐어/큰아버지의 인생이야기를 오래
오래 듣고 싶었던 거지"의 간절한 바람 등에서 나타난다.
시간은 멈추어 있고, 싸락눈 내리는 정결함과 메거지의 풍
요로움이 보장된 상태에서 큰아버지의 인생이야기라는 즐
거움까지 제공되고 있어, 가히 낙원에서의 삶이라고 할 만
한 분위기가 만들어지고 있다. 때문에 시적 화자가 그러한

을 것이다. 박형권 시인에게 원체험은 그가 유년시절을 보냈던 가덕도를 중심으로 한 바다와 물고기에 얽힌 사연 등으로 이루어져 있다. 그 체험이 행복하고 강렬했던 것은 그의 여러 시편을 통해 알 수 있다. 이 체험의 가치는 그 공간과 시간 속에서는 결코 어떠한 소외나 사물화가 발생하지 않고 모든 세계가 다 둥글게 조화를 이루고 있는 점, 즉 동질감을 통한 안온과 풍요로움이다. 그것은 현재의 삶에서 결핍으로 주어지는 것이 무엇인지를 깨닫게 하는 역설로 작용한다. 다음 시들이 이를 잘 보여준다.

> 가덕도는 섬이어서 늘 혼자였다
> 하늘과 사람과 땅과 바다가
> 서로에게 풍덩 빠져 몸을 씻어서
> 사실은 혼자라도 혼자가 아니었다
> 큰집과 외갓집이 서로 마루를 보여주던 점심때
> 뭍의 전설에서 개펄의 전설로 걸어 내려가면
> 둘밑이 나왔다
> 둘밑에는 바다채송화를 업어 키우는 개펄이 있다
> 바다채송화는 업혀서도 칭얼거렸다
> 아버지 등에 업혀보지 못한 나 부러워하라고
> 그때는 언제나 신들이 밥을 먹었고
> 하늘과 사람과 땅과 바다가 반찬을 만들었다
> 둘밑에서 나는 처음 보는 생명체에 홀딱 빠졌다
> 큰아버지 엄지손가락보다 약간 긴 그 놈은 개펄 위를 뛰어다
니며

새우 같은 것을 잡아먹었는데
눈이 툭 불거져 개구리 같았고
꼬리를 치는 걸 보면 도롱뇽 같았다

—「둘밑 짱뚱이」부분

큰아버지는 논에서 고개를 숙이는 나락을 보며
성북리 연못에 가서 민물 새우를 잡아
손수 만든 미끼 통에 담고 집에 와서는 우물을 퍼 손발을 씻고
저녁 드셨다 새우가
미끼 통에서 튀는지
밥 드시는 내내 톡톡 소리가 났다
달과 별들은 그때쯤 나와 부스스 기지개를 켜고
대통에 구운 콩을 담는 걸 구경하였다
늘 닦고 매만지는 장대를 메고 사립문을 나가면
달과 별이 따라 나갔다
왜 나는 안 데리고 가느냐고 일곱 살 나는 고래고래 울고
그날은 누룽영 포인트로 길을 잡으셨다
그때는 여전히 돌아서는 모퉁이마다 전설이 있고
달로 묏등을 지나면 해치이불이 등잔덩이만 했다
새바지를 지나면 파도가 들치고
누룽영에 닿으면 마파람이 불어
바다는 그때부터 팔뚝만한 감씨이가 덥석 물고 늘어지는
예감으로 빛났다
감씨이가 안 오는 날에는 도깨비가 찾아와
구운 콩 갈라먹자고 보채고

한줌 쥐어주면 오도독 오도독 맛있게 먹었다
먹은 값하는 것인지 곧 초릿대가 바다로 빨려들고
은비늘 찬란한 밤은 그때부터 시작이다
그 즈음 나는 큰아버지 기다리며 마루 끝에 앉아
오도독 오도독 구운 콩을 먹는다 콩 다 먹고 꾸벅꾸벅 졸면
어흠,
대문으로 들어서는 얼룩감씨이!
모를 거야 당신은, 못 봤을 거야 당신은
남극 크릴새우를 밑밥으로 쓰는 당신은 들은 적 없을 거야
등짝에 얼룩무늬가 그려진 붙박이 감씨이를
가야겠네 바람 부는 밤에
내 유년이 졸고 있는 해초(海草) 속으로

―「얼룩감씨이를 그리워함」전문

이 두 편의 시는 참으로 아름답다 못해 애틋한 정감을 불
러일으킨다. 두 시 다 유년의 바닷가 풍경 속에 깃든 행복
했던 감정들의 자랑으로 일관되어 있다. 「둘밑 짱뚱이」의
"둘밑에는 바다채송화를 업어 키우는 개펄이 있다/바다채
송화는 업혀서도 칭얼거렸다/아버지 등에 업혀보지 못한
나 부러워하라고/그때는 언제나 신들이 밥을 먹었고/하늘
과 사람과 땅과 바다가 반찬을 만들었다"는 표현은 자연
과 인간, 그리고 신이 한데 어우러져 둥글게 이어져 있음
을 드러낸다. 이것은 루카치가 그렇게 감탄해 마지않던 그
리스 문화의 완결된 세계, 곧 원환적(圓環的) 전체성을 띠

는 세계에 비견된다. 이곳에서는 세계와 자아, 천공의 불빛과 내면의 불꽃은 서로 뚜렷이 구분되지만 서로에 대해 결코 낯설어지는 법이 없다. 우주적 관계가 가족과 같은 공동체가 됨으로써 세계와 자아가 하나로 통일되는 동일성의 세계를 드러낸다. 이 세계의 가치는 모든 것이 수평적이고 연속적인 상태로 놓여 있기 때문에 분리나 소외가 존재하지 않는다는 점이다.

이런 상태를 블로흐는 동일성의 고향이라 부른다. 분리와 소외, 결핍과 경쟁으로 좌절감을 맛보는 현대인에게 이 동일성의 고향은 구원의 표상이다. 박형권은 제 유년의 고향 풍경에서 본능적으로 그것이 현재의 결핍을 채워줄 구원의 표상으로 작동하게 될 것임을 감지하고 있다. 그것은 "뭍의 전설에서 개펄의 전설로" 시적 이야기가 이어진 것처럼 소외나 단절이 없는 상태에서 저마다의 영혼이 의미로 충만해 있는 상황임을 가리킨다 할 것이다. 이 점은 「얼룩 감씨이를 그리워함」에서 보다 명확히 드러난다. 자연은 인간에 조응하여 "달과 별들은 그때쯤 나와 부스스 기지개를 켜고/대통에 구운 콩을 담는 걸 구경하였다/늘 닦고 매만지는 장대를 메고 사립문을 나가면/달과 별이 따라 나갔다"로 드러나며, 신이 관장하는 세계는 "그때는 여전히 돌아서는 모퉁이마다 전설이 있고/달로 묏등을 지나면 해치이불이 등잔덩이만 해"졌거나, 또는 "감씨이가 안 오는 날에는 도깨비가 찾아와/구운 콩 갈라먹자고 보채고/한줌 쥐어주면 오도독 오도독 맛있게 먹"는 신화적이고도 몽환적 상태로 구성된다. 이 상황 역시 우주 전체가 하나의 가족공동체로 구성되어 시적 화자의 존재에게 심원한 의미의 빛을 씌우는 것이다. 의인관적 세계관에 의해 이 우주는 원환적 전체성으로 묶여있다.

서정의 비전을 자아와 세계의 동일성이라고 한다면, 박형권 시에 보이는 이런 형상성과 구체화는 전형적인 서정 장르의 특성을 보여준다고 할 수 있다. 더 나아가 자아와 세계의 통합에 대한 원형적 심상을 제시함으로써 인간 정체성에 대한 심원한 정서적 효과를 얻게 하고 있다고 말할 수 있을 것이다. 물고기와 관련된 개인적 차원의 원체험이 우주공동체에 대한 믿음과 유대로 확대됨으로써 그것이 분리와 경쟁으로 지친 현대적 삶에 얼마나 소중하고 청신한지 알 수 있게 한다. 그런 관점에서 "가야겠네 바람 부는 밤에/내 유년이 졸고 있는 해초(海草) 속으로"라는 탄식 섞인 염원은 현재적 결핍이 갖는 부정성을 넘어 진정한 삶의 가치를 찾아야겠다는 시인의 의지가 반영된 것이다.

따라서 이런 시들에서 보이는 유년의 행복했던 심상들은 현재의 결핍을 되새겨주며 그것을 극복할 가능성의 한 방법으로 제시되는 것으로 볼 수 있다. 이와 관련하여 발터 벤야민의 "근원이 목표다"란 구절이 의미심장하게 다가온다. 벤야민은 「역사철학테제」란 글에서 이 말을 하였는데, 여기서 근원은 오늘날 존재하는 온갖 종류의 소외나 고립이 미처 나타나지 않았던 아담의 타락 이전, 곧 박형권의 시 구절처럼 태고의 생명 나무에 의해 표상되는 우주적 조화상태를 의미한다. 그런데 근원이 목표가 되는 까닭은 종교적 비전으로서 메시아니즘에 의해 발생하는 것인데, 유태교의 메시아니즘이 "잃어버린 황금시대, 파괴되기 이전의 에덴에서의 이상적인 상태의 회복을 지향하는 복귀적인 경향"으로 나타나는 것처럼 과거의 이상 상태가 미래지향적인 유토피아적 비전과 맥을 같이 한다는 것이다. 그 점에서 벤야민에게 근원은 그 추구의 대상으로서 목표가 된다. 벤야민에게 낙원은 "인간의 원형적인 근원이자 원초적 과거이며 동시에 그것은 인간의 구원의 미래를 위한 유토피아적 이미지"로 부각되는 것이다. 그렇게 벤야민의 경구를 해석한다면 박형권의 시도 바로 이 근원을 통한 미래지향적 유토피아 의식을 유년의 풍경을 통해 드러내고 있다고 말할 수 있다.

그렇게 볼 때 "바다는 달빛을 먹고 달빛은 우윳빛 밤을 먹었다/완전한 바다는 먹어서 향기로웠고 먹여줌으로써 완성되었다"(「달빛을 다투다」)의 표현은 원환적 전체성의 세계가 갖는 아름다움과 기능적 의미를 유현(幽玄)한 심미적인 형상으로 드러낸 것이라 할 수 있다. 그리고 그가 줄곧 그려내고자 하는 유년의 풍경, 즉 "그때 나는 파래 청각의 기울기로 바다에 안기는/순결한 일곱 살"(「풀무대가리국」)의 세계는 분리와 소외가 없는, 그래서 타락과 갈등이 없는 청정무구(淸淨無垢)로서 동일성의 고향을 표상하는 것이다. 그러한 세계를 시인 박형권은 꿈꾸고, 이를 찾아나서고 싶은 것이 현재의 상태인 것이다.

낙원상실의 현실 비판과 영적 언어로서 방언

박형권이 추구하는 원환적 세계는 바다를 배경으로 성립되고 있다는 점이 특색이다. 실제 시인의 의식과 무의식에 바다가 각인되어서 그런지 이번 시집 전체가 바다의 속성이 배어들어 출렁이고, 넘실대고 있다. 시인 스스로 "아, 두고 갈 수 없는 무엇이 있는 바다"(「꺽두구」)라고 고백하고 있듯이 바다의 물질성이 이번 시집의 상상력을 결정짓고 있다. 그런데 문제는 현재의 바다가 앞에서 보았던 유토피아적 가치를 잃어버리고 있다는 사실에서 발생한다. 시적 도정을 따라가면 과거의 그 아름답고 원환적 바다는 사라진 것으로 나타난다. 성인이 되어서 사라졌다기보다 근대화의 광풍에 휩쓸려 파괴되었다는 인식이다.

실제 시인은 시 속에서 "나는 가덕 살면서 끝없이 이어지는 옛날이야기와/끝없이 솟아나는 연대봉 아래 샘물과/끝없이 모여드는 돌창게를 보면서/지상의 모든 생명이 영원하기를 바랐다"(「날치를 보았다」)라고 고백하고 있다. 이 구절은 낙원으로서 고향의 삶이 지속되길 바라는 염원을 잘 형상화해 보여주고 있다. 그렇지만 그 바람은 현실화되지 않고 바다는 황폐해진다. 낙원은 역사 저 끝으로 멀어지는 것이다. 이번 시집을 가로지르는 정서 하나를 들자면 바로 이 점에서 발생하는 상실의 감정이다. 어쩌면 상실의 감정이 더 극단화될 경우 박탈의 감정이라고 말해야 될지 모르겠다. 시인은 어느 순간 자신의 낙원으로서 고향과 바다가 사라져버린 현실을 목도하고 슬퍼하고 있다. 다음 시가 바로 그런 전형적인 예가 아닐까.

창원공단과, 자유를 수출하는 수출자유지역이 생기기 전에
나는 아버지와 낚시를 갔지요
봉암으로 봉알을 달랑거리며 낚시를 갔지요
아버지는 큰 걸로 나는 작은 걸로
골라서 낚는 사이 20세기는 지나가버리고
마침내 푸르른 내 시력이 희미해졌지요
썰물처럼 밀려난 마산 앞바다의 꼬시락 한 마리를
최후로 알현하고 시신을 수습했지요
민족중흥의 역사적 사명을 띠고 아름다운 청춘들을 내돌리는
사이
다들 잘 먹고 다들 잘 산다고 믿고 있는 사이
우리를 일으켜 세울 왁자한 명상 하나가 사라졌지요
이제 무슨 맛으로 당신을 꼬시나요
마산 사람은 마산 안에서 사라지고
지금 나는 발기부전 중인데
이상하여라, 꼬시락 잘근잘근 씹어보고 싶네요
　　　　　　　　　　　　　　　　　　　－「봉암 꼬시락」부분

　이 시는 남해를 끼고 있는 마산과 창원 지역의 바다의
변화에 대해 안타까움을 피력하고 있다. 그 변화의 원인
은 "창원공단과, 자유를 수출하는 수출자유지역이 생기기
전"이라는 언표를 두고 볼 때 공단이라는 이름의 근대화,
또는 산업화 때문이다. 개발이라는 미명 아래 "썰물처럼 밀

려난 마산 앞바다의 꼬시락 한 마리"는 생명의 터를 잃고
"시신"을 남기는 신세가 되고 마는 것이다. 바다가 파괴되
는 동안 "마침내 푸르른 내 시력이 희미해지"는 형편에 처
하게 되고, 더 나아가 "우리를 일으켜 세울 왁자한 명상 하
나가 사라진" 것을 깨닫게 된다. "발기부전"의 병증 상태에
바다와 그 바다에 생존해 있는 인간이 놓이게 되었다는 것
을 시적 화자는 밝히고 있는 셈인데, 이는 모두 산업화란
이름으로 자행되는 자연 파괴의 실상이 자연에서 그치는
것이 아니라 인간의 생명마저 파괴하는 것임을 은연중 드
러내는 것이라 하겠다.

　이 시의 문제성은 "푸르른 내 시력이 희미해"져 간다는 것
에서나, "우리를 일으켜 세울 왁자한 명상 하나가 사라진"
것에 스며있는 좌절, 또는 상실의 정서에서 발생한다. 생명
의 바다가 근대적 이데올로기인 개발과 효율에 의해 훼손
됨에 따라 생명의 가치를 우리가 잃게 되었다는 인식이다.
이는 물질적 문명에 생명의 본질로서 정신적 가치가 밀려
가장 소중한 가치를 잃어버리게 되었다는 뜻이다. 따라서
이 시는 봉암 바다로 대변되는 지역이 개발되면서 매립과
오염의 굴레 속에 꼬시락을 비롯한 바다 물고기들이 죽어
나가고, 거기에 더해 우리 인간마저 생명적 가치와 인간성
을 상실한 채 표류하는 신세로 떨어져 낙원으로서의 현실
을 상실하게 되었다는 것, 그리고 이것을 통해 현대의 개
발문명이 인류의 역사 발전에 결코 긍정적 방향이 아니라
는 점을 말하고자 하는 데에 그 의도가 있다고 볼 수 있

는 것이다. 그 점에서 그의 시는 낙원 형성과 낙원 상실이라는 인류의 유장하면서도 원형적 모티브를 재현한 것으로 볼 수 있다.

여기서 더 생각해 볼 것은 이 시에 보이는 바다의 상실은 자신이 살고 있던 장소의 상실이자 자기 정체성의 상실을 의미한다는 사실이다. 『장소와 장소상실』의 저자 에드워드 렐프는 장소의 상실이 곧 그 장소 위에 사는 존재의 정체성 상실이라고 말하고 있다. 시인 박형권은 자신의 유년의 체험 공간과 그것의 현실적 양태를 비교하면서 원형적 바다의 상실로 우리 인간이 무엇을 잃어버리고 무엇에 무감각하게 살아가고 있는지를 이러한 시들을 통해 직관적으로 묘파해내고 있는 것이다. 그 점에서 다음 시들에서 그가 옛날과 지금의 현실을 자신의 체험과 연관지어 비교하면서 옛날의 바다를 그리워하는 것이나 미래의 바다에 대해 암담해 하는 것은 전혀 이상한 일은 아니다.

옛 바다와 요즘 바다를 구별하는 법은
상처를 바닷물에 담가 하루 만에 나으면 옛 바다야
바다에서 잡은 생선을 바닷물로 씻어도 괜찮으면 옛 바다야
그렇지만
전어 한 마리의 내장을 꺼내 소금에 찍어먹어도 배탈 나지 않는다면
그게 진정한 옛 바다야
살보다 내장이 향기로웠던 전어의 복장을

나는 여남은 살 때 열어보고는
맛있는 자산어보를 다시는 탐미하지 못하였지 그러니까 나는
요즘 바다에서 옛 바다를 그리워하는
어물전 고린내처럼 아주 비린 책벌레였어

　　　　　　　　　　　　　　　　　－「떡전어」 부분

토닥토닥 밤비가 어깨를 두드리는 이런 날에는
역시 농어보다 가지메기가 반갑다
곧 매립될 조경수역에 앉아서
나는 미리부터 미래에 만날 가지메기를
회상한다
오늘 한 바구니 낚은 가지메기는 내일이면 반 바구니로
또 내일이면 몇 마리로 마침내 빈 바구니로
터벅터벅 걸어 나올 미래를 돌이켜 본다
땅값이 치솟고 집값이 오를수록 가지메기는 가는 거다
한방에 훅 가는 거다
지금은 좋은 얼굴로 굿바이 하는 거지만
당신을 밤마다 울게 한 개구리 소리처럼 어느 날 문득 그들이
없다
나는 가포 본동 앞바다의 가지메기를 추억하다가
죽은 자식 고추 만지는 시를 쓰게 되는 거다
이미 정해진 시간표대로

　　　　　　　　　　　　　　　　　－「시간표대로」 부분

　이 두 편의 시는 과거의 바다에 대한 그리움으로, 또는

137

미래의 바다에 대한 두려움으로 현재의 바다가 지니고 있는 부정성을 비판하고 있는 작품들이다. 「떡전어」에서 보이는 "옛 바다와 요즘 바다"의 대조는 생명의 기능을 천연 그대로 보존하고 있느냐 그렇지 않느냐의 대립 체계로 구성되어 있다. 그러한 대조를 통해 생명의 활성을 잃어버린 현재의 바다의 문제성을 비판하고 있는 셈이다. 시적 화자는 "요즘 바다에서 옛 바다를 그리워하는/어물전 고린내처럼 아주 비린 책벌레였어"라고 말함으로써 과거의 원환적 전체성이 살아있는 바다를 결코 잊을 수 없음을 애절하게 밝히고 있다.

「시간표대로」에서 미래의 바다는 현재의 바다가 더욱 상황이 악화된 상태가 됨으로 인해 모든 생명체가 죽어가게 되리라는 어두운 묵시록적 전망 속에 놓여 있다. 그것은 현재의 상태를 인간이 지금 당장 개선하지 않으면 '시간표대로' 착착 "죽은 자식 고추 만지는" 격이 될 것이라는 진단과 상통하는 내용이다. 생명적 가치가 사라져가는 미래를 우려하는 차원에서 현재의 문제점을 냉정하게 인식해야 한다는 당위성을 밝히고 있는 이 시는 일정 부분 증언적 성격을 가진다. 증언은 무엇인가? 바로 고발과 경고가 아니던가. 시인은 제 자신의 체험에 입각해 시로 시대사적 몰락을 온 몸과 영혼을 바쳐 고발하고 이를 막고자 애쓰는 것이라 볼 수 있는 셈이다. 그런 점에서 다음과 같은 시는 그 노력이 당위적인 것이긴 하지만 현실 속에서 얼마나 실천하기 어렵고 성공하기 어려운 것인지를 밝히는 것이라 할 수 있다.

고기 축에도 들지 않는 자괴감이 폭식을 만들고
난폭을 만들지만
스스로 생명임을 깨닫는 지점에서
우리는 혼곤히 목숨을 주고받는다
빼드랑치와 주거니 받거니 하는 골든타임을 다 써버렸는가?
살자고 꿈틀대는데, 도리어 제 몸을 낚싯줄로 칭칭 감는
빼드랑치여
침몰하는 우리여…… 상향!

–「빼드랑치 상향」 부분

노력은 쉬이 보잘 것 없는 것으로 현실 속에서 드러난다. 남는 것은 깊은 절망에 따른 탄식! 그래도 이 시에서 의미심장한 것은 침몰하는 대상에 대한 인식이다. 생명을 살리는 "골든타임을 다 써버렸는가?"하고 좌절한 상태에서 "살자고 꿈틀대는데, 도리어 제 몸을 낚싯줄로 칭칭 감는/빼드랑치"의 현실은 불가항력적인 현실과 거기에 대응하는 생명의 무력함을 보여준다. 문제는 죽어가는 것이 '빼드랑치'만이 아니라 "침몰하는 우리여"라는 사실이다. 인간은 자연을 죽임으로써 물질적 혜택을 잠시 얻고는 있지만 정작 자신의 정체성이나 정신적 가치를 잃어버림으로써 자신마저 올가미에 가두어 죽게 하는 비극적 역설을 초래하고 있다. 이런 표현은 직관적 형태로 등장하지만 실상 오늘의 반생태적 현실이 얼마나 인간 생명이나 정신에 지독한 비극으로 남을지 알 수 없다는 의미에서 조사(弔辭)로 읽힌

다. 그러기 때문에 죽어가는 귀신에게나 붙일 법한 '상향(尙饗)'이라는 단어를 부여하는 것은 그러한 현실에 대한 애도와 함께 그러한 현실을 초래하고 만 인간의 어리석음에 대한 비꼼의 의미가 깃들어 있다고 해야 할 것이다.

그러나 '상향'이라는 단어는 비꼼보다 비통함의 의미가 더 깊이 작용하는 것으로 보는 것이 옳겠다. 시인은 이 우주에 깃들어 저마다 생명의 가치와 권리를 가진 존재들이 인간이 저지르는 문명의 횡포에 죽어가야만 한다는 사실에 참을 수 없는 슬픔에 잠기고 있는 것이다. 그 점에서 박 시인은 다시 그 아름답고 친근했던, 신과 자연과 인간이 함께 원환적 전체성을 이루고 살았던 때의 평화로운 정경으로 돌아가기 위해 간절히 비는 심정으로 죽어가는 존재들에 대한 애도의 언사인 '상향'을 말하고 있다고 볼 수 있는 것이다. 이 점에서 시 속에 표현되는 언어는 시인의 간절한 염원을 대변하는 물질성을 띠며 강한 자기장(磁氣場)을 발생시키고 있다. 다음 시를 보면 이를 더 잘 알 수 있다.

가덕도 사람들은 어두운 밤바다의 인광을 '시거리'라고 부른다
인도에서 흑조(黑潮)를 타고 온 말인지도 모른다
그렇다면 바다의 인광은 바다의 말일 것이다
사실은 야광충이 내는 빛이지만 나는 여전히
말이 빛을 내는 거라고 믿는다
누구나 한번은 어휘가 많은 인생을 살고 싶을 것이다
그런 의미에서 나는 말의 고향인 인도로 한번 놀러가고 싶었다

그 그믐밤 아버지는
나를 저어 탕수구미로 낚시를 갔다
칠흑 같은 바다가 노의 궤적을 그렸다
몰고씨이를 꿰고 바다에 넣자 바다가 몰고씨이의 궤적을 그렸다
그런 밤은 붕장어의 밤이다
섬광 같은 신호가 왔다 바다 밑이 외등을 켰다
꿈틀거리는 빛의 반란!
바다는 살아있는 빛을 모국어로 썼다
모두 몸으로 뒤채는 언어였다
그 사이 이 행성의 밤에 무슨 일이 있었던가
가덕도의 밤은 육지에서 꺼졌고 이제 시거리로 말하지 않는다
밥 묵었나? 하고 이웃을 빛나게 하지도 않는다
아름다운 말의 시대는 내가 시거리를 처음 본 순간부터 떠나
가고 있었다
가덕도 탕수구미의 황홀한 말씀이시여…… 상향!

— 「가덕도 탕수구미 시거리 상향」 부분

하이데거는 언어는 존재의 집이라고 말한 바 있다. 이 경
우 박형권의 이 시에서 보이는 "시거리"라는 경남 방언은
박형권 시인의 존재성을 그대로 반영한다. 장소가 그곳에
서 사는 사람들의 실존적 정체성을 부여하는 것이라면 이
보다 더 크고 중한 것이 언어라 할 수 있다. 실제 언어가 그
사람의 의식 세계를 결정하는 것이 더 크기 때문이다. 시거
리는 시적 화자에게 "인도에서 흑조(黑潮)를 타고 온 말",

또는 "바다의 말"로 새겨져 있다. 시거리라는 말이 주는 어감과 의미의 심층은 시적 화자에게 "말이 빛을 내는 거라고 믿는" 것처럼 그의 정신적 세계를 전부 물들이고 있다. 즉 그에게 영혼을 울리는 말인 것이다. 그의 영적 토대를 이루고 있는 고향으로서 "바다는 살아있는 빛을 모국어로 쓰"고 있음으로 인해 역시 시적 화자에게 존재의 형성과 영혼을 결정짓는 물질로 작용하고 있음을 보여주고 있다. 바다와 고향과 말이, 특히 고향의 물질성을 반영한 방언이 시적 화자에게 얼마나 절대적 영향을 끼치는 존재들인지를 잘 알 수 있고, 시적 화자는 이를 놀라움에 가득 찬 상태로 고백하고 있음을 볼 수 있는 것이다.

그런데 이 영혼의 말이 사라져가고 있다. 시인에게 "그 사이 이 행성의 밤에 무슨 일이 있었던가"로 개탄해 마지 않는 산업화와 근대화로 "가덕도의 밤은 육지에서 꺼졌고 이제 시거리로 말하지 않는" 물질만능, 영혼 상실의 기괴한 현대의 모습을 발견하게 되는 것이다. 그 점에서 박형권 시인이 꿈꾸는 것은 바로 "아름다운 말의 시대", 즉 생명과 사랑이 살아있는 원환적 전체성의 세계라는 것을 알 수 있다. 말의 상실은 바로 터전의 상실이요, 정체성의 상실이자 생명의 본질로서 존재를 상실하는 것에 다름없다는 전언이 바로 이 시의 의미인 것이다.

그 점에서 이 시에서 보이는 "상향"이라는 말 역시 저물어가는 우리 시대에 대한 애도와 슬픔을 표현하는 제문이다. 제문은 죽은 영혼들과 산 자가 소통하고자 한다는 측

면에서 염원을 간절히 말하고 이것이 이루어지기를 바란다는 점에서 주술적 성격을 가진다. 하여 박형권의 시는 일정 부분 주술적 성격을 가진다. 영혼을 잠재우는 현대 문명에 경고하는 한편 여기에 별 의식 없이 무감각해지는 영혼을 일깨우기 위해 가슴 아픈 주문(呪文)이 되고자 하는 것이다. 그리하여 다음과 같이 가슴 아픈 고백과 간절한 염원을 시인은 동시대의 모든 영혼을 잃어버린 사람을 대신하여 제문으로 쓴다. 그때의 제문은 다시 생명의 존재, 생명의 가치로 이 지상이 살아나기를 간절히 비는 염원이다.

창원군 천가면 성북리 326번지를
아버지라고 불러도 되겠습니까
한겨울 둘밑에서 캔 못된 처녀의 젖통처럼 큰
살 깊은 꼬막을 어머니라고 해도 되겠습니까
그 여름 마른 우뭇가사리로 묵을 고아
그늘에서 식히던
가마솥을 할머니라고 불러도 되겠습니까
온 세상의 어머니와 아버지와 할머니들을
내가 맛있게 먹은 장독의
묵은 된장이라고 해도 되겠습니까
고구마는 김치와 먹어야 맛이 있고
꼬막은 볏짚 태운 아궁이에 구워야 제 맛이고
세수는 꼭 쇠죽 끓인 물로 하게 했던
그 꾸들꾸들 마른 군내가

눈병에 삭은 똥물을 한 방울 떨어뜨려 주던

그 순진한 쓰라림이 그리운 나이에

방금 저는 도착했습니다

파래와 풀가사리를 늘어놓은 마당에서

내가 키우던 흑염소가

성뚤에서 자라는 청미래덩굴을 먹고 잠을 잘 때

염소젖을 만지며 내가 잠들었을 때

창원군 천가면 성북리 326번지가

빨랫줄마다 대구를 널었습니다

창원군 천가면 성북리 326번지에

다시 한 번의 생을 더 살고 싶은

말똥성게 같은 초가지붕이 있었습니다

미역 같고 서실 같은 가여운 바람들이

넉넉하지는 않지만 모자라지도 않게 살다간

창원군 천가면 성북리 326번지시여…… 상향!

– 「창원군 천가면 성북리 326번지 상향」 전문

　참으로 절절한 그리움에 애틋하다 못해 처연함을 느끼게 하는 시다. 이 시는 바로 시인 박형권의 이번 시집을 총 정리하는 의미의 시가 아닐까? 가덕도라는 고향과 유년의 순수한 세계에 대한 간절한 그리움을 제문 형식으로 쓰고 있다. 유년을 구성했던 모든 사람들과 사물들에게 영적 고마움을 바치는 이 시는 존재의 울림을 간직한 채 절절한 마음의 자세를 보여주어 진정성이 느껴진다. 이 시는 "다시 한

번의 생을 더 살고 싶은/말똥성게 같은 초가지붕이 있"는 곳의 아름다움을 통해 미래가 어떻게 구성되어야 하는지를 여지없이 보여준다. 이 시야말로 근원이 목표가 된다는 경구를 진실되게 증명해주고 있는 셈이다.

바다가 주는 영혼의 풍요로움과 원환적 전체성의 기억은 그에게 무엇이 진정한 삶의 방향인지를 하늘의 별처럼 가르쳐주고 있는 것이다. 그에게 바다와 물고기, 고향과 고향의 방언은 마치 "달디 단 독에서 모든 그리움이 시작되"고, "지극한 독은 언제나 노래가 되"(「독은 노래가 된다」)는 것처럼 결코 잊을 수 없는 원초적 그리움의 대상이 된다. 그 대상은 오늘의 우리 인간이 다시 되찾아야 할 절대의 과제가 무엇인지를 알게 해준다. 그러나 그것을 아는 사람 또한 얼마나 될까? 가장 절대적으로 추진해야 할 일을 대다수 사람들은 잊고 물질이 주는 달콤함에 빠져 소소한 것에 매여 산다. 보다 큰 눈으로 본다면 참으로 세상은 비틀린 기현상으로 요지경이라 할 것이다.

이 지점에서 이번 박형권 시인의 시는 당대의 현실과 동시대인들에게 다시 찾아 돌아가야 할 것이 무엇인지를 깨우쳐주는 전언이 되고 있다. 바다, 고향이 갖는 원환적 전체성과 방언이 갖는 영적 울림 속에 우리 인간의 본질과 지향이 어떻게 놓여 있는지를 보여주고 있는 것이다. 그 점에서 그의 시는 미래에 대한 우리 시대의 묵시록이자, 역사의 저 미래가 현재로 보내오는 복음서다. 그의 걱정대로 시간이 얼마 남지 않았는지 모른다. 박형권 시인이 간절히 바라고 있는 것처럼 우리시대가 시간을 놓쳐 모든 것을 잃는 어리석음을 범하지 않기를 바란다.

시인 **박형권**

1961년 부산에서 태어나 가덕도에서 유년을 보냈다. 경남대학교 사학
과를 졸업하고 지방직 농업주사보로 1년 근무하다 그만두었다. 이후 미
술학원을 운영하다가 성공하지 못하고 라디에이터공장 애자공장 바지락
양식장을 다녔다. 2006년 『현대시학』에 시 「봄, 봄」이, 2013년 「한국안
데르센상」에 장편동화 『메타세쿼이아 숲으로』가 당선되면서 글쓰기에
만 전념하고 있다. 시집 『우두커니』(실천문학) 『전당포는 항구다』(창비)
『도축사 수첩』(시산맥), 장편동화 『돼지 오월이』(낮은산) 『웃음공장』(현
북스) 『메타세쿼이아 숲으로』(현북스) 『나무삼촌을 위하여』(현북스),
청소년소설 『아버지의 알통』(푸른책들)을 펴냈다.

모악시인선 5

가덕도 탕수구미 시거리 상향

1판 1쇄 찍은 날 2017년 2월 3일
1판 1쇄 펴낸 날 2017년 2월 10일

지 은 이   박형권
펴 낸 이   김완준
펴 낸 곳   모악
기획위원   문태준, 손택수, 박성우
디 자 인   제현주
출판등록   2016년 1월 21일 제 2016-000004호
주   소   전북 전주시 덕진구 기린대로 418 전북일보사 5층 (우)54931
전   화   063-276-8601
팩   스   063-276-8602
이 메 일   moakbooks@daum.net

I S B N   979-11-957498-9-8 03810

* 이 도서의 국립중앙도서관 출판예정도서목록(CIP)은 서지정보유통지원시스템 홈페
 이지(http://seoji.nl.go.kr)와 국가자료공동목록시스템(http://www.nl.go.kr/kolisnet)
 에서 이용하실 수 있습니다.(CIP제어번호: CIP2017001489)
* 이 책의 내용을 재사용하려면 지은이와 모악의 서면 동의를 받아야 합니다.

값 8,000원